DANGER! DANGER! DANGER!

深表遺憾，我病起來連自己都怕

深表遺憾，我病起來連自己都怕
4
作者 小鹿
繪者 Mocha
Blind

相關病史一覽

病歷號碼	●●●●●●
姓　　名	●●●
年　　齡	●●歲●個月

病況描述

序章

在某個大國中，出現病能者為了搶劫而殺光當地一半居民的事件。

國家派出的警察完全起不了作用。最後挽救這一切的，竟是「滅蝶」的成員。

本來積怨已久的國民爆發了抗爭，進行全國性的抗議活動，譴責國家為了發展製造病能者，並要求將病能者完全趕出國家。

「……」

對比外頭遊行的喧囂，總統府內一片寂靜。

這個大國的總統和內閣成員圍著圓桌坐著，所有人都面色凝重。

一個像是警察總長的人站起來，開始向大家進行簡報：

「到處都爆發了小規模的衝突，這情景讓我聯想到中古世紀的獵殺魔女，一般民眾開始追殺病能者，並動用私刑進行虐殺。警察雖依法逮捕動刑的人，但這個舉動反而激發了更進一步的衝突，敵視病能者的民眾認為自己做的是正確的事，不該受到法律的審判。

「三天前，一個教堂好心收留了病能者，結果教堂被抗議的民眾拆毀，神父也險些在暴動中喪失性命。

「在東部的病能者組成了盜賊團，到處姦淫擄掠，當地警方完全無法抵抗他們的病能，建議中央政府派出軍隊進行鎮壓。」

警察總長不斷報告，從他嘴中說出來的，全都是類似的壞消息。

一般人和病能者之間的鴻溝越來越大，雙方敵視彼此，想要將對方的存在完全抹滅。

治安迅速敗壞、混亂不斷擴大。

聽著警察總長的報告，所有人的眉頭都越皺越深。

這與其說是犯罪，不如說是擴及全國的內亂了。

「夠了。」

此時，白髮蒼蒼的總統突然發聲，以低沉的嗓音打斷了警察總長的發言。

所有人將目光集中在總統身上。

「我決定了……」

他環視眾人一圈後，緩緩說道：

「與『滅蝶』全面合作吧。」

聽到總統這麼說，所有人一片譁然！

「總統閣下！萬萬不可啊！」

跟在總統身旁約莫十年的親信大聲建言：

「『滅蝶』勢力現在這麼大，要是真的這麼做，國家主權會被『滅蝶』奪走的！這次的混亂，不也有傳言說是『滅蝶』造成的嗎？他們混在民眾中，不斷煽動一般人對病能者的仇恨——」

「這些我都知道。」總統打斷親信的話，「但就算知道這些事，我們也無法對『滅蝶』做些什麼。」

「怎麼會？總統閣下，我們可以限制『滅蝶』入境，全面禁止所有和『滅蝶』有關的事物，甚至可以頒布戒嚴令——」

「要是真的採取這種做法，反而更會激發民眾的不滿，這個國家也會因此被『滅蝶』奪走！」

「為什麼……？」

「如今已有許多人將『滅蝶』當作信仰，把他們的首領『滅蝶者』視作唯一真神而崇拜。要是我們選擇敵視『滅蝶』，抗爭反而會越演越烈吧？」

「……難道我們就這樣放任『滅蝶』成長，讓它威脅我們國家嗎？」

「那我反問在座的各位，你們有沒有什麼好方法，可以消滅『滅蝶』？」

「…………」

所有人都沉默下來。

最直觀的方法，就是把任何懷疑是「滅蝶」的人統統抓起來處死。

但這樣的處置，只會讓大家對國家心生怨懟，立場更往「滅蝶」那邊傾倒。

而且，根本無法分辨誰是「滅蝶」。

「滅蝶」的組織成員雖會在身上刺「蝴蝶打叉」的符號，但沒有這種符號的人，也不能保證他就不是「滅蝶」的人。

連目標是誰都不知道，那又要怎麼把「滅蝶」的人從這個國家中根除？

「現在你們知道困難的地方在哪了嗎？」總統嘆口氣說道：「真要說的話，『滅蝶』並不是一個國家，也不是一個團體或組織，他們是一個『理念』──一個『將病能者完全消滅的理念』。」

「理念……嗎？」

「『要是沒有病能者，這世界一定會更好』、『為何我們非得配合病能者而生活不可』、『只要自己過得好，就算犧牲病能者的權利也沒關係』──不管是誰，一定或多或少的這麼想過，就連在座的各位都不例外。」

「……」聽到總統這麼說，大家都不禁低下了頭。

「一般人對這樣的理念產生共鳴，於是開始支持『滅蝶』。這不過是一個價值觀而已，只要這世界存在病能者──存在著這個與人類相似卻不同的種族，那不管我們怎麼做，都無法拔除『支持滅蝶』這樣的認知。」

「又是認知這種莫名其妙的力量……」

可能是聯想到病能，所有人都露出頭痛的表情。

「在病能者出現後，世界的情勢本就開始不穩了，而壓死駱駝的最後一根稻草，是『滅蝶者』流出到世界各地的影片。」

總統手一按，會議室的前方開始播放之前院長散播到世界各地的影片。

在「祕密之堡」中，所有人因為腦中的「恐懼炸彈」引爆，成為了「恐懼人類」，開始自殺和互相殘殺。

然而在一片死亡中，還是有人殘存了下來──那就是古堡軍。

他們靠著「將恐懼轉移到病能者這個物種」上，順利地活了下來。

「病能者雖是不同的物種，卻因為與人類的外觀極其相似，人類並不至於過度迫害。之前的狀況，可說是勉強維持在不崩潰的邊緣上，但當這個影片出現的那刻，理智的枷鎖失效了，甚至可說是讓狀況變得比以往更加嚴重。」

露出疲態的總統指著畫面說道：「因為大家都明白了，為了活下去，人類必須敵視、恐懼病能者。」

「消滅病能者……已經因為理智上的認同，從『一個價值觀』變成了『必定要完成的目標』嗎？」

「沒錯，『滅蝶』很聰明，他們利用這點，快速的增長勢力。」

「靠『敵視病能者』嗎？」

「更正確的說法應該是，他們靠敵視病能者，創造出了『一個共通的敵人』。」

「共通的敵人？」

「看看過去的歷史吧，許多國家和宗教都用過這樣的手法，刻意指稱其他國家、種族為必須鏟除的敵人，或是毫無根據的說其他信仰為邪教。只要有『共通的敵人』，人類就會團結起來，而我現在想做的事就和這個是一樣的。」

總統將雙手擺在下巴處，眼中寒光一閃。

「我所說的與『滅蝶』合作，並不是將國家賣給他們，而是贊同這樣的理念，和他們一同敵視病能者，把失去的人心拉回到我們這邊。」

「這樣……真的好嗎？」

「因為有人類，才有了國家；因為有了人心，才會有國家主權。只要人民站在我們這邊，我們國家就不會被『滅蝶』奪走。」

總統「啪」的一聲拍了下桌子！

「『弱肉強食』——壓縮少部分人的生存空間，來讓大多數人生存下去，世界本來就是依照這樣的道理在運轉。」

榨取弱勢族群的利益！

榨取無力量之人的生命！

「我們一直在做這樣的事，只是今天對象從一般人轉為『病能者』罷了。」總統抬起頭，雙手交握道：「說起來，我們似乎還得感謝季晴夏呢，讓我們有了合理迫害病能者的藉口。」

「可是……總統閣下，這種做法，不是有違人道嗎？」

「怎麼會呢？病能者的命是人命，但普通人的命也是命啊。」總統露出笑容道：「在座的各位都是普通人，若今天你們有權決定：要讓病能者還是普通人活下去，你們會怎麼選擇？」

聽到總統這麼說，所有人再度低下頭。

「若犧牲一個病能者，可以拯救許多人類，那我們為什麼不這麼做呢？」

人不為己，天誅地滅。

就算嘴上說了再多好聽的話，一旦面臨攸關生命的抉擇時，任誰都會選擇對自己有利的那邊。

「我們根本沒有選擇的空間，若是不迫害病能者，人心會倒向『滅蝶』，人類也無法繼續存活下去。」

雖然語調很沉重，總統的神情卻非常開心。

因為所有人都低著頭的關係，沒人發現這個異常。

「所以，讓我們與『滅蝶』合作吧。」總統緩緩彎起嘴角。

他臉上的表情，根本不像是他。

沒有人知道，真正的總統，早已被「滅蝶」殺掉。

在眾人面前的總統，不過是院長化身而成的虛擬影像罷了。

早在半年前，院長就滲透進這個國家中樞，安插進自己的人馬，一點一滴改變他們的政策，使這個國家逐漸變成另一個「滅蝶」。

「總統閣下。」一個親信舉起手來問道：「若是有人對這個過激的政策感到不滿，該怎麼辦？」

「那就把他們殺掉。」

「……」

「非常時期，必須採用非常手法。為了守護我們國家，我們絕不容許反對派的人在此時從中作梗。」

「可是……這不就是獨裁嗎？」

「這是為了實現世界和平，所必經的過程。」

總統站起身來，環視眾人。

「諸君——」

總統露出了如「院長」一般的笑容。

「讓我們用我們的手，來保護人類，實現真正的世界和平吧。」

半年後，這個國家突然宣布向「滅蝶」投降。

彷彿骨牌效應，無數大國也隨之跟進。

不過幾天的時間——

世界就有一半落入「滅蝶」的手中。

Chapter 1 狙擊

祕密之堡的事件後，已經過去一年了。

第三次世界大戰爆發。

世界有一半落入了院長手中，世界的模樣完全改變。

剩下的一半國家雖拚死抵抗，但總覺得他們落入院長手中是遲早的事。

院長所建立的國家，名為「滅蝶之國」。

她制定了明確的階級制度，將病能者定為次人類一等的生物。

病能者被剝奪了人類的基本權利，被所有人敵視，當作奴隸。

雖有病能者站出來反抗院長，但是在眾多普通人的支持下，這樣的抗爭在擴大前就被撲滅了。

聰明的院長，甚至有計畫性地將發生的慘事和死傷都推到了病能者身上。

被不斷地洗腦和教育後，不過短短一年的時間，「滅蝶之國」的人們就普遍有了同一種價值觀——

「病能者」等於「邪惡」。

只要身上擁有「蝴蝶記號」，那就是與人類為敵的惡獸和害蟲。

在「滅蝶之國」中，撲殺病能者是所有人都該做的事。

在這樣的演變下，病能者的數量越來越少，院長的聲勢則越來越高。

所有病能者都期盼著一個能與她對抗的存在出現，而這個人選不管怎麼想都只有一個——

那就是季晴夏。

然而，季晴夏消失了，連是生是死都不知道。

傳說，祕密之堡被攻破那天，曾有人看過季晴夏。但這不過是個真假難辨的傳聞，因為自那天起，季晴夏就再也沒出現過。

她之前曾創立的「莊周」各自為政，分成了小股勢力，有的到處拯救被迫害的病能者，有的則藉機生事，滿足自己的私慾。

簡言之，現在的世界大致可分成兩種狀況：

一、「滅蝶之國」和「非滅蝶之國」之間的爭鬥。

二、遍布全世界——「普通人」和「病能者」之間無止盡的衝突。

「葉藏。」

我輕輕喚了一聲趴在我身邊的葉藏。

此時的我們，正藏身在一棟豪宅中的天花板。

「什麼事？主人。」

「我曾想過，晴姊可能不會再現身於這個世界上了。」

「為什麼？」

「因為她的目的已經達成了。」

「怎麼說？」

「整個世界都是普通人和病能者之間的戰火，若是這狀況持續下去，人類腦中的『恐懼炸彈』就不會引爆。」

她製造病能者的目的也就達成了。

只要一直維持這樣的混亂狀態，人類就能免於滅亡。

「若是她再不出現，院長遲早能統一世界，讓世界和平到來。」

或許本來在她的計畫中，院長是不存在的。

但院長的出現，代替她完成了所有她想做的事。

她讓人類和病能者之間的衝突加劇，同時逐漸讓世界合而為一。

不管是「恐懼轉移」還是「世界和平」的目的，院長都幫她達成了，所以晴姊再也不用出現。

「真的是這樣嗎？總覺得有些奇怪呢……」

葉藏皺著眉，微微歪頭。

「哪裡奇怪？」

「就是……該怎麼說呢？有一種違和感。」

「喔？」

雖然葉藏不如葉柔聰明，但或許是因為想得沒有那麼多的關係，她有時會意外地專心在事物的本質上。

「雖然我不像主人你們那樣瞭解季晴夏，但她原本的計畫，是為了要拯救人類吧？」

「沒錯，所以她製造了病能者，讓人類將恐懼轉移到病能者這個物種上。」

「可是，現在的狀況——」黑暗中，葉藏藍色的雙眼閃閃發亮，注視著我說道：「真的可以說是人類被拯救了嗎？」

「……」

「每天都有這麼多人死掉，在這樣混亂的狀況下，真的可以說是人類被拯救了嗎？」

「……妳說得沒錯。」

要是這樣也算是拯救人類的話。

還不如一開始就讓大家被「恐懼炸彈」炸死算了。

畢竟——

這種充滿悲劇的世界，不如消失算了。

「主人，來了。」

葉藏悄聲向我說道，指了指天花板下一群穿著黑西裝的人。

這群穿黑西裝的人圍著一名白髮小女孩。女孩胸口處有著代表病能者的蝴蝶印記，她的身材十分嬌小，年齡約莫十歲左右，身後的白髮因為過長的關係，末梢拖到了地上。

就像失了魂一般，小女孩的雙眼非常空洞，彷彿毫無自我意識，就這樣跟著那群黑衣人往前走。

「跟緊他們，葉藏。」

之所以會和葉藏來到這間豪宅中，是因為聽到傳聞，裡頭有黑幫想要利用病能者進行「某種營利事業」。

我本來推測是「人口販賣」。

因為這一年來，這種把病能者當作商品的人口販賣到處都在發生，可說是最常見的形式。

但這次——

「接著小心點，葉藏。」

開啟「二感共鳴」的我，感受到了些許不對勁。

從那個小女孩身上散發出的氣息很怪異。

雖然很淡，但那氣息就像是我再熟悉不過、從「忽略症」中誕生出來的——

「死亡錯覺」。

「————————！」

坐在椅子上的白髮小女孩神情扭曲，彷彿痛到極致，張大嘴卻發不出慘叫。

這裡是一個黑暗的房間，我和葉藏依然偷偷藏身於天花板夾層。

我們兩個必須拚命用手摀著嘴，才能忍住幾乎要溢出的驚叫。

此時，展現在我們下方的景象是——

——無數的透明培養槽。

這些培養槽中，裝著一個又一個孩子。

這些孩子的腦袋都用透明的管子連接著，約莫一百個培養槽填滿了黑暗的房間，散發出詭譎的白光。

葉藏輕拉我的衣角喃喃道：「主人……這個、這個是……」

「沒錯……」

彷彿時光重演，這個情景我們曾在家族之島上看過。

「這個應該是……『最強電腦的縮小版本』。」

姑且稱這個為「人類電腦」吧。

用病能探測後會發現，這些孩子都已死去，變成了「人類電腦」的一部分。

白髮小女孩持續張大嘴，發出無聲的慘叫！

她戴著透明頭盔，身上插滿無數管子，坐在「人類電腦」的正中央處。

藉著「人類電腦」的演算，某種電流不斷從白髮小女孩身上抽取出來，藉由管子進入到一個又一個彷彿炸藥的容器。

「————————！」

「哎呀，我們有跟上時代真是太好了。」

一名臉上有刀傷、疑似首領的金髮大叔抽著雪茄，指著不斷發出無聲慘叫的白髮小女孩說道：「靠她製造出來的『病能武器』——『死亡錯覺炸彈』，大概能讓我們再賺上個幾億吧。」

聽到金髮首領這麼說，所有穿黑西裝的隨從都鼓起掌來。

「恭喜首領，不枉您花了這麼多錢買下小孩製造『人類電腦』。這下別說回本了，根本可說是大賺特賺。」

「病能真的是個能賺錢的好東西啊。」

金髮首領哈哈大笑道：「雖然病能者受大家畏懼，但在戰爭時，大家都希望自己這邊有病能者或病能武器助陣。不覺得這真的很諷刺嗎？哈哈哈哈——」

金髮首領和穿著黑西裝的人一同大笑，這情景配上「人類電腦」和不斷痙攣的白髮小女孩，要說多怪異就有多怪異。

這間豪宅的狀況跟我原本預期的不一樣。

我本來以為是單純的病能者販賣，卻沒想到這個黑幫竟然自行製造病能者，並藉著這個病能者不斷生產「病能武器」。

看著那個小女孩，葉藏用手肘頂了頂我，悄聲說道：「主人，我們還不出去嗎？」

「再等一下……」

雖然我也想讓那個白髮小女孩不要繼續受苦，但我隱隱覺得不太對勁。

並不是我的「病能」感知到什麼，我單純是因為直覺感受到某種違和。

但這個怪異只有輪廓，不管我多努力都無法摸清楚它是怎樣的內容。

「首領英明，就是因為靠著首領製造出的病能者，我們才能站在歐洲黑幫的頂點啊。」

在我因為遲疑而想再觀察一下狀況時，底下的人依然持續對話。

「其實這一切都是多虧了我的兒子。」金髮首領吐出煙圈後說道：「要不是有他告訴我製造病能者的方法，我怎麼可能製造得出『科塔』來呢。」

金髮首領一邊這麼說、一邊用雪茄指了指白髮小女孩。

看來，那名身上散發出死亡氣息的小女孩名叫科塔，這大概是從原本的疾病名衍生出來的名字吧。

「首領，科塔好像快不行了，要不要讓她休息一下？」

「最近訂單很多，要是這時停止就來不及交貨了。」

「可是，若是她死掉——」

「放心，就算她壞掉也沒關係。」金髮首領露出奸笑，「只要有『人類電腦』在，我們就能製造第二個、第三個科塔，反正可以當素材的人類到處都找得到。」

「是，首領英明！」

「就算『人類電腦』壞掉也沒關係，反正只要我兒子在，重新製造一個根本就不是難事。」

「首領有這樣的兒子真的是本幫之福啊，之前和我方敵對的文森幫，他帶著科塔出去，一瞬間就解決了。」

「要是早知道病能的力量這麼強大，我還不快些使用，想想我們也真是傻啊，哈哈——」

金髮首領和黑西裝部下們再度一同大笑起來。

我看向坐在椅子上的科塔。可能是過度使用力量，她已經連無聲的慘叫都發不出來，只能坐在椅子上不斷抽搐顫抖。

——到極限了。

要是再繼續榨取科塔的病能，她的腦子會壞掉的。

我打量四周的環境。

除了金髮首領外，對方大約有四十人。從他們身上的氣息上判斷，這些人都不是病能者。

雖然我這邊只有我和葉藏兩人，但絕對足夠應付這群普通人。

「葉藏，等我一打手勢就衝出去，將科塔奪過來。」

面對我的指示，葉藏點了點頭。

在此同時，底下也有了新的動靜。

「喔喔——我的兒子啊！今天怎麼有空來？」

黑暗房間的門微啟，一道身影推開門走了進來。

所有人都熱情的向他打招呼，看來是金髮首領的兒子出現了。

但是這不重要，不管來多少人，我們都要把科塔救出去。

「準備——」

我向葉藏打出手勢。

葉藏斬開了天花板，我們一同往下跳，落到了這些人的中間。

我在腳下蓄力，準備往前衝，用最快的速度將科塔給奪走——

然而，一個人擋在我的面前，阻止了我的腳步。

「我等你很久了，季武。」

——第一瞬間，我以為我是在不自覺的狀況下說出了這句話。

但我馬上發現不是這麼回事。

我沒有說話——可是我的聲音依舊響起。

我感到全身像是墜入冰窖般冰冷。

我緩緩抬起頭來，結果看到了僅有右眼的「我」。

「還認得我嗎？季武。」

季秋人向我露出了和我一模一樣的笑容說道：

「為了殺你，我可是花了三個月的時間布下這個局喔。」

金髮首領的兒子……竟是季秋人？

不，這不可能，所以是——

這傢伙用「家人製造」的病能，化身成了黑幫老大的兒子，躲在這個地方嗎？

我終於知道剛剛感受到的違和感是什麼。

區區一個黑幫，是不可能擁有製造病能者的完整技術和知識的。

就算他們真的僥倖從哪裡得知了這些資訊，也不可能平安無事地駕馭科塔這樣危險的病能者。

「快逃！葉藏！」

意識到危險的我趕緊大喊！

但是，已經來不及了！

──砰！

一聲巨響！劇烈的爆炸在這個房間中發生！

「呼、呼──」

衝出豪宅的我不斷喘著氣。

金髮首領的豪宅建立在偏遠的深山中，周遭一個人都沒有。

我一手抓著葉藏、一手抓著科塔，奔馳在夜晚的山林內。

剛剛在黑暗的房間中，裝著「死亡錯覺」的炸彈突然全數爆炸，這股猛烈的死亡錯覺爆風，瞬間填滿我們所處的空間。

一點懸念都沒有。金髮首領和那群黑衣西裝部屬轉眼死亡。

要不是我緊急開啟四感共鳴，就連我都要跟著步上他們的後塵。

然而葉藏和科塔就沒那麼順利了，雖然我第一時間將她們拉出那個房間，兩人仍沾染上這股氣息，陷入死亡狀態。

我將她們放在地上，掌心輕貼於兩者額頭。

「三感共鳴。」

複製曾經感受過的季曇春，我將自己的想法灌入兩人腦中。

──妳們還活著。

扳開遮蔽她們認知的死亡錯覺，我努力將這樣的想法輸入她們腦中。

禁錮她們的死亡錯覺並不嚴重，只要我能將這個殼稍稍敲破一道裂痕，便能坐等她們自行清醒。

雖然口氣將她們喚醒也是辦得到的事，但現在的我沒有餘力這麼做。

我警戒地看著四周的黑暗，將「二感共鳴」的病能散布在自己周遭，注意是否有什麼異狀。

我不認為季秋人的計策只有如此。

因為「祕密之堡」的事件，他對我抱持近乎執著的恨。

可以說他的存在意義，就是為了毀掉季武這個人。

「奇怪……？」

在我的病能探查下，這座山中一個人都沒有。

季秋人待在豪宅裡動也不動，他到底在打什麼鬼主意——

——砰！

毫無徵兆地，一顆子彈闖進了我的病能領域，我手忙腳亂的用右手擋住。

因為出乎意料，我在子彈幾乎要觸及我太陽穴的皮膚時才反應過來。

「三感共鳴！」

我以為是我搞錯了，所以提高病能的力量，更加詳細地探測這座山。

季秋人坐在「人類電腦」正中央之處，一點動作都沒有。

這顆子彈不是他打過來的。

但是，我並沒有搞錯，在詳細探測過後，我確定這座山中目前可以活動的人類，除了我和季秋人外，沒有其他人了——

——砰！

又是一顆子彈飛射而來！我趕緊以右手將其挾住。

「這到底是……怎麼回事？」

明明沒有人，卻有子彈朝我打來？

是自動射擊的機關或是陷阱嗎？

不對，若是如此會被我的病能感受到。

看不見的敵人？可以將其存在完全抹滅的病能者？

不，就算真的存在這些能力，在三感共鳴的探測下，我應該能發覺到些許蛛絲馬跡才對。

——砰！

第三顆子彈飛射過來！

「沒辦法了……」

雖然會消耗大量體力，但要是再不提高病能，我們三個說不定都會死在這裡！

我閉上眼睛，深吸一口氣——

「四感共鳴！」

眼睛瞳孔變成了四，左掌上的蝴蝶印記也閃耀出光芒！

過多的感受力，讓我眼中的所有事物都緩了下來。

我輕易用手指偏離了子彈的軌跡，讓它打在身後的樹上。

這座山的一草一木都在我的感受中，就像是點亮了一盞燈，即使是在幾乎沒光線的暗夜中，我依然可以清楚掌握這些事物的狀況。

既然這座山沒有異常，那就表示敵人處在我感受不到的遠方。

我的「感官共鳴」看似方便，但我的注意力和大腦運算能力是有限的。

剛剛為了應付不知會從何而來的襲擊，我將病能化作一個半圓，圍住我和地上的葉藏和科塔。

——砰砰砰砰！

子彈不斷打來，我不斷用手指將其偏移。

若是三感共鳴的我，光是防守就得用掉所有注意力。

但開啟四感共鳴後，我有更多的感受力可供運用。

留下百分之三十的病能，我維持住保護著我們的防護罩。

剩下的百分之七十——

我將其往子彈射來的方向全力延展！

彈道的盡頭，必定存在朝我射擊的人。

三百公尺、五百公尺、一公里、三公里——

咦？怎麼會？

還是一個人都沒感受到。

我非常吃驚，現今的狙擊極限距離是三公里，若是大於這個距離，不但槍械的火力會不足，精準度也會因為風阻和其他原因而大幅下降。

四公里、七公里、九公里——

莫非是我搞錯了？並不是遠方的敵人朝我進行攻擊，而是敵人就在我身旁，而我始終沒察覺？

就在我幾乎要放棄的那刻，我的病能終於在十公里外捕捉到了敵人。

「南……」

仰慕季曇春、曾為其獻上一切的少女。

留著俐落短髮的她穿著黑色的風衣，趴在十公里外的另一座山上。

在她面前的，是一挺足足她兩倍身高長的大型狙擊槍，可能是開槍時的後座力太過猛烈，這把槍有著大大的四支腳架，深深插在泥土中。

與其說這是槍，我覺得這更像是槍形大砲。

可能是感受到我的視線，南將槍口稍稍移轉，瞄準了我——

——砰！

槍口發出足以響徹整座山的巨響，無數鳥獸被驚動而飛了起來。

燦爛的火光從槍口噴出，給予鋼鐵子彈無比的推進力。子彈橫過漆黑的夜光，宛若一顆流星砸到了我的身上！

我趕緊收回往前探查的注意力進行防守。

——鏘！

縮小右手的骨頭密度後，我以硬化的右手擋住了這擊。因為威力過於巨大，我感到手臂微微發麻。

這是何等可怖的狙擊！

這十公里的距離對南來說彷彿不具意義一般，她那精準的射擊，就像是在我面前朝我開槍。

若是只有準確那也就罷了，但南的狙擊配上她手中的特殊槍械，使得她的射擊還兼具威力。

但是……這並不合理。

不管是多麼高強的狙擊手，都無法從這麼遠的地方進行瞄準和射擊。

「為了殺掉你，她付出了慘痛的代價。」

坐在豪宅的季秋人突然發話。

可能是知道我一定聽得到吧，他面帶得意的笑容說道：

「南成為了她最討厭的病能者。」

聽到季秋人的話後，我再度看了一次遠方的南。

與那時在古堡中相比，她的身上多了一些原本沒有的東西，右掌背多了一個蝴蝶記號，而且——

她的瞳孔和我一樣變成了數字，上頭寫著三。

「感覺……相連症。」

並不是藉由病能槍所產生的劣化病能者，而是貨真價實的病能者。

用強化的感官掌握這十公里間的人、事、物，計算這之中的風阻、水分和空氣阻力，描繪出最適當的彈軌，然後將子彈射出去！

即使是我和她一樣開到三感共鳴，我也做不到這件事。

就是因為積累了大量用槍的時間，所以她才能將這些影響因素納入計算中，做到這種堪稱神技的狙擊！

「季武，接下來你的對手就是『我』，以及——」

隨著季秋人的話語，無數狙擊再度朝我直奔而來！

「你自身的病能！」

「該死！」

為了怕體力耗盡，所以我只能將病能降為三感共鳴，全力進行防守。

但不管我怎麼閃躲，子彈就像是長著眼睛似的朝我不斷招呼。

要是我躲得遠些，她就會朝地上的葉藏和科塔進行狙擊。

為了保護她們，我只能選擇待在原地，硬是接下這些子彈。

在這樣的不斷消耗下，我感到體力持續下降。

南的狙擊非常可怕，她遠在十公里外的地方，這使得我根本沒有任何反制的手段。

不管是衝向她，或是朝她進行攻擊都是不可能的事情。

但我不是一味的挨打而已，我一邊用最小的動作偏離彈道，一邊靜待反攻的時機。

十公里的狙擊，這是非常耗心神的攻擊方式。

只要手稍稍晃了一下，或是少計算空中的一道微風，子彈就會大幅偏離原本的軌道，無法造成有效攻擊。

所以，南一定會比我先耗盡體力。

——但是，過了十分鐘後，我發現不對勁。

狙擊並沒有停止，反而有越來越快的趨勢。

「為什麼……」

為什麼南的體力完全沒有下降？反倒是我開始感到吃力？

就算是相同的病能，也有熟練度的差異。

在「感官共鳴」的病能上，我有自信不輸給任何人，畢竟身為這世上第一個病能者，沒人使用病能的時間會比我久。

終於發現機關所在的我，將目光轉向季秋人那邊。

「原來如此啊……」

打從一開始，他就沒有離開過豪宅。

要是他向我們夾擊，不是可以讓我現在所處的情狀更加嚴峻嗎？

他之所以沒有這麼做，只有一個可能——

「你猜得沒錯。」戴著透明頭盔的季秋人說道：「我正使用『人類電腦』，輔助南的射擊計算。」

南為主，季秋人為輔。

表面上看起來是我和南之間的單挑，但其實根本就是一打二。

先解決季秋人和人類電腦？不行，只要葉藏和科塔脫離我的保護，南就會毫不留情的攻擊她們。

當初引爆死亡錯覺炸彈，想必為的就是製造負擔，讓我無法自由行動。要是繼續維持這樣的局面，我的體力會率先耗盡的。

我再度深吸一口氣，將病能降為二感共鳴。這樣的病能強度，無法以注意力構成半圓形的防護罩，但是為了省力，我也只好這麼做。

我將身子面對南所在的方向，因為病能降低的關係，我甚至看不到她的身影。

但是沒關係。

就在剛剛的不斷射擊中我明白了，因為槍械固定在地上，而且又是超長距離狙擊的緣故，子彈射來的方向大同小異。

南無法使子彈轉向，她只能筆直的朝我身上射。

踏穩腳步，我往前張開雙手，將病能和注意力布在自己身前。

只要好好面對南——只要好好防守前方就好。

——砰！

我稍稍側身，閃過了狙擊而來的子彈！

子彈貫穿了身後的樹幹，打出一個大洞。

在黑暗中，無數的子彈襲來，我小心翼翼的看準每一顆子彈，讓它從我身邊擦過。

我的猜想果然沒錯，若是用二感共鳴就能擋下，那就算再撐幾個小時我都沒問題。

——砰砰砰砰砰砰！

為了貫穿我的防禦，南加速了射擊。

無數子彈彷彿流星雨一般落向我，但是這些子彈都被我用手指偏離，落到身後的樹林中。很快地，我後方的草木就被射得千瘡百孔。

這是耐力之戰。

他們只能不斷進攻，而我只能不斷防守，彼此都沒有別的選項可以選擇。

戰況陷入僵局，很快地就過了半個小時。

我們只能等待其中一方的體力先耗盡——

「南！用四感共鳴！」

季秋人突然大喊，意圖打破現在的平衡。

——脊背一涼。

我突然感到寒毛直豎。

這股異常讓我不自覺地提升病能，回到了三感共鳴。

遠方的南散發出不祥的寒氣，恍若將我所在的整座山給凍結起來。

我過於敏銳的感受力，甚至讓我眼前出現了幻相——

猛烈的暴風雪困住了我，使我動彈不得。

厚重的雪不斷積累在身上，沉重的壓力讓我幾乎喘不過氣來。

只要一不留神，我就會被這股狂風暴雪捲走。

——一道火花突然打破了這個幻相。

在這樣的酷寒中，一顆子彈從中穿出，朝我的身體撲來。

這是和之前一模一樣的攻擊，直線又沒有任何變化的彈軌。

於是，依照剛剛閃躲的經驗，我反射性的朝旁一閃——

——噗哧！

本該閃過的子彈回頭，貫穿了我的右小腿！

「咦？」

我單膝跪倒在地，不可置信地望向後方——

我身後的石頭，留下了冒著煙的彈痕。

「跳彈……竟然是跳彈……」

子彈藉著石頭反彈，打穿了我的右小腿。

若是用普通的射擊做出跳彈，這事雖困難，卻也不是做不到的事。

然而南不同。

因為她可是用長達十公里的狙擊製造出跳彈的啊！

她不只要計算出彈軌，還必須將火力和反彈物的狀況考量進去，就連四感共鳴的我都做不到這點。

「等一下，若是如此——」

那我就不能光是防守前方了！

就在我意識到不妙的瞬間——

子彈從各個角度、四面八方包圍了我！

「呼、呼！」我不斷劇烈喘氣。

二感共鳴已經沒用了，我必須將病能維持在三感共鳴。

可是因為太過長時間維持三感共鳴，我感到頭有些暈眩。

我抱著葉藏和科塔離開原本的地方，往山頂不斷跑去。

——砰砰砰砰！

子彈持續在我身周揚起灰塵和落葉。

「嗚啊！」

我的側腹又中了一顆跳彈！

除了要防範直進的子彈外，還必須提防從各種刁鑽角度襲來的跳彈。

並不是閃過第一道攻擊後就沒事了，因為閃躲掉的子彈有可能以各種角度再度反彈回來。

也就是說，我必須提防所有子彈，將之全數納入意識中！

繁瑣的計算填滿了腦袋，過大的負擔，讓我眼中流出了鮮血。

「啊啊啊啊啊——————！」

子彈在我右大腿擦出一道血痕，我險些跌倒。

要是再這樣下去，我們都會死在這個地方！

我必須跑到山頂，必須跑到一個無法使用任何跳彈的地方。

「呼、呼——！」

此時，一陣喘氣聲響起。

我本以為是自己在喘氣，但隨即發現並不是我。

可能是用了過於複雜的計算，季秋人的表情十分難受，拳頭緊握而指節發白，冷汗也布滿了額頭。

若是仔細看，會發現遠方的南，嘴邊也不斷流下血絲。

痛苦的人不只有我而已，大家都在往極限邁進！

「停手吧，季秋人！要是再這樣下去，大家都會死的。」

「就算死，我們也要殺掉你！」

「開什麼玩笑，你以為季曇春希望看到你們兩個死掉嗎？她——」

「你還有臉在我面前提起季曇春！」季秋人大喊：「明明是你殺掉她的！」

「……」

季秋人的話，讓我回想起當時將刀子插入季曇春胸口時的觸感。

那股黏稠又令人不舒服的感覺再度從手中復甦。

季秋人手捂著受傷後瞎掉的左眼，大聲叫道：

「殺了季曇春的你，沒有資格教訓我！」

——季曇春，而非曇春姊。

季秋人此時吐出的，並非季曇春最後希望他說出的稱謂。

謊言終究是謊言，並不會因為我和季曇春的期望而成真。

最終，南和季秋人還是誕生了憎恨，這股恨讓他們在此時找上了我，想將我除之而後快。

我知道我沒有資格那麼說，但我敢肯定，季曇春的死，絕對不是為了讓季秋人替她報仇。

她所希望的，一直以來都只有一件事。

她只不過是希望季秋人叫她一聲姊姊——僅是如此而已。

「她明明在最後說了她很幸福！」我一邊閃躲子彈、一邊大喊：「你難道不相信她最後留下的話語嗎！」

「我相信啊——應該說就算不是事實，我也寧願相信那是事實。」

「那為何我們還要像這樣互相殘殺？這樣的對戰一點意義都沒有吧！」

「我也知道這沒有意義！」

「但是我只能這麼做啊！」

季秋人的表情因為痛苦而扭曲，他以嘶啞的聲音道：

「……」

「就算、就算季曇春真的很幸福又如何，當她死了之後——」季秋人低下頭，咬著下脣說道：「我的幸福就消失了啊！」

「——！」

「我再也無法找到幸福了！你懂嗎？是你奪走了這一切！是你——！」

遙望指著我的季秋人，我完全說不出話來。

他並不是無法找到幸福，而是不知道該如何找到幸福。

這樣的他，讓我想起了幾年前的自己。

因為只憧憬著季晴夏——因為只看著季晴夏。

所以要是將季晴夏拿掉，我將一無所有，連往哪裡走都不知道。

「所以，我只能恨你。」

季秋人以僅剩的右眼瞪著我大吼：

「我只能恨你、只能恨你只能恨你只能恨你只能恨你只能恨你只能恨你只能恨你只能恨你只能恨你只能恨你只能恨你只能恨你只能恨你——！」

他沒有哭——但我覺得他就像是在大聲痛哭。

現在的他，緊緊抓著「恨我」這個唯一可以依靠的事物。

要是將這個去掉，他就會頹然倒下，一碰便碎。

滿是傷痕的恨人，藉由恨我來自保。

——這就是現在的季秋人。

「既然你這樣想，那你就這麼做吧。」我一邊跑、一邊這麼說。

為了你和南，也是為了死去的季曇春。

我必須讓你因為恨我而活下去。

「我怎麼做用不著你管！」季秋人對著遠方的南大喊：「南，就是現在！」

那股刺骨的寒氣再度出現！

我反射性的打開了四感共鳴！

即使間隔十公里，這股寒意仍強烈到幾乎要讓我凍傷。

此時我發現，南的前方本來只有一把狙擊槍，但不知何時已增為十把！

「四感共鳴、自動連發——」

遠方的南吐出了一大口血，染紅了面前的槍械！

她那有如老鷹般銳利的眼神閃耀光芒。

「——連續狙擊・十連！」

下一瞬間，十把槍同時吐出了火舌。

這股火舌並非像剛剛那般一閃而逝，開啟連發模式的槍械，毫不間斷地吐出鋼鐵子彈！

就像是盛大的煙火施放，我感到眼前一亮！

接著，無數閃亮的死之煙花，就這樣以極高的速度朝我這邊直奔而來。

「靜之勢！」

四感共鳴的我正坐在地上，模仿起葉藏的「靜之勢」進行防禦。

大量的子彈悄無聲息地被我硬化的右手給切斷。

但是，這一切不過是序曲而已！

——鏘！

一開始時，是兩顆子彈在空中相撞。

我對此感到疑惑。因為這兩顆子彈在離我很遠的地方就相撞，就算是要製造跳彈攻我不備，這時機也過早，子彈根本就不可能因為碰撞而打到我身上。

莫非是計算失誤？

這也並非不可能，畢竟不管是南或季秋人，都和我一樣到了極限。

——鏘鏘。

但我隨即發現不對勁。

相撞的兩顆子彈，就像是早就安排好一般，和另外兩顆子彈相撞！

——鏘鏘鏘鏘鏘鏘鏘鏘鏘鏘鏘鏘鏘鏘鏘。

一變二、二變四、四變八、八變十六——

彷彿骨牌，撞擊的連鎖不斷持續！

子彈碰撞的火花在我面前無止盡的閃爍、擴展，這片閃光織成了一片網，將我完全包圍起來！

上、下、左、右，不管是哪個方位都有子彈，就算是原本打不到的角度，也可以透過跳彈的碰撞而彈到。

一開始時，我藉由靜之勢的幫助，還可以勉強把闖入防禦範圍內的子彈給斬斷，但這樣的時光並沒有持續太久。

——砰砰砰砰砰砰砰！

南不斷的射擊，子彈不斷的在我身前累積數量。

紅色的火花、碰撞的白光和子彈的金屬色，逐漸淹沒了我的身影和意識。

大量的子彈和過於繁雜的碰撞，很快就超出我四感共鳴的計算。

「啊啊啊啊啊啊！」

一顆子彈貫穿了我的右上臂。因為疼痛的關係，我本來集中到極限的注意力一不小心渙散。

無數子彈闖進了防禦圈，朝我身下的葉藏和科塔打去——

「啊啊啊啊啊啊啊啊——！」

我用身體擋住了這些子彈，總算是在不傷及要害的情況下，勉強保護住葉藏她們！

不給我任何喘息的時間，大量子彈再度填滿了我的視野。

再這樣下去是不行的，這並非可以靠靜之勢防禦的攻擊！

在此電光石火之際，我緩緩閉上了雙眼。

深吸一口氣——將其吐出。

藉由這口氣的短短剎那，我必須將身上多餘的東西去掉！

將身體內的疼痛驅除、將眼前的危機從腦中拔除、將所有事物都從意識中割捨。

——無。

在無意識的狀態下，放掉身體中多餘的力量。

將此身化作虛無的刀。

不用去計算子彈的彈軌，也不用留意碰撞後的軌跡。

事情沒有那麼複雜，只要在看到它的瞬間，將其砍斷就好——

——唰！

我揮出硬化的右手，將所有子彈一分為二！

這股漂亮的揮擊割開了空氣、劃破了包圍網，也切開了南那凜冽的寒氣！

就像是時間停止，子彈和火花在空中無聲無息的裂成了兩半，接著——

恍若傾盆大雨般，金黃色的彈頭劈里啪啦的落在地上。

「呼、呼——」

砰的一聲，就像是被剪斷線的提線人偶，我重重倒在地上！

我感到頭痛欲裂，不斷淌下的冷汗，讓我的眼前一片模糊。

「果然……還是太勉強了嗎？」

本來身體就因為傷和疲憊而到了界限，在此時化身成葉柔使出她的技藝，果然還是太過於勉強了嗎？

但不只我面臨了這樣油盡燈枯的狀態，在剛剛倒下前，我放大的病能看到了遠方的南因為體力不支而暈倒在地。

真是可怕的敵手，我從不知道我的病能若是配上狙擊可以如此棘手。

身上的傷口不斷淌血，但也是多虧了這股疼痛，我才可以勉強保持意識。

「嗚……」

遠方的季秋人從人類電腦的椅子中掙扎著想要起身，但體力耗盡的他也從椅子上跌了下來。

「殺了你……」

他勉強起身，從懷中拿出一把手槍，踉蹌地向我這邊走來。

「我要殺了你……」

即使身上染滿塵土和鮮血，他仍執著地向我這邊走來。

糟糕……必須快點逃走才行。

要是距離近到他能朝我們開槍，我們全都要死在這邊！

但是，不管我怎麼呼喚我的身體，我全身上下就像灌了鉛似的動彈不得。

「唔……」

此時，一陣微弱的呻吟聲吸引了我的注意。

我轉頭一看，結果看見葉藏躺在我的身旁，和我之間只有幾公分的距離。

她長長的眼睫毛微微顫抖，就像是要醒來似的。

──季秋人逐漸靠近。

要是在進入射程前，葉藏沒有醒來，我們全都要死。但她若是醒來，憑她的實力，絕對足以應付已經瀕臨極限的季秋人。

從她的表情看來，她正介於甦醒和昏沉之間的分際。

只要再給她一點刺激，就能打破這個平衡。

──季秋人離我們只剩兩百公尺！

快動啊！我的身體！

只要能拍葉藏一下，就能喚醒她，將我們從這個絕境中救出！

但即使我已經使力到咬破嘴巴的地步，我的身體仍文風不動。

──季秋人離我們只剩一百公尺！

沒辦法了……只能這麼做了。

我悄悄在心中跟葉藏道歉。

伸長脖子，將嘴唇印在她雪白的臉頰上。

我對她——做出了近似於「接吻」的行為。

「啪」的一聲，就像是觸電一般，葉藏本來緊閉的眼皮登時張開！

我們兩個以極為接近的距離四目相接，可能是以為還在作夢吧，她的眼神有些恍惚。

但沒過多久，她就察覺到這並非是夢，而是確切發生的事實。

於是——

「喵啊啊啊啊啊啊啊啊啊啊——————！」

滿臉通紅的她發出奇怪的叫聲，一把將我推開！

我順著傾斜的山坡不斷滾落。

雖然身體很疼，我的心情卻與之相反，感到十分輕鬆。

充斥在體內的安心感，讓我緩緩闔上雙眼。

只要葉藏醒來，就是我們贏了——

「不，是你輸了。」

我聽到「我」這麼說。

我勉強睜開沉重無比的眼皮，只見半跪在地上的季秋人對我露出了笑容。

「我使盡一切手段，為的不過是剝奪你的體力。只要你失去意識，這場仗就是我們贏了。」

什麼……意思？

你們這邊，根本就不可能有人能跟葉藏抗衡吧？

「你還不明白嗎？為什麼我會說是我們贏了。」

季秋人一邊這麼說、一邊向我舉起他的左手。

在我幾乎要消失的視野中，我看到了——

季秋人左手上的蝴蝶印記，閃閃發光。

「主人，你沒事吧！」葉藏慌慌張張的跑了過來。

目睹我嚴重的傷勢後，一向表情冷淡的她露出了著急的神色。

她扶起倒在地上的我，轉向身後喊出一句讓我毛骨悚然的話——

「『哥哥』！快來幫忙啊！」

哥哥？

哥哥……？

妳在說什麼啊……？

「主人，你別擔心，我跟『哥哥』會馬上送你去治療的。」

看著葉藏向身後之人招手的模樣，我感到非常焦急。

葉藏……妳都沒有發覺奇怪的地方嗎……？

妳根本就……沒有哥哥吧？

我想跟她這麼說，但我已連張嘴的力氣都沒有了。

季秋人終於來到我們身旁。

他站在葉藏身邊，而葉藏卻毫無防備。

她以注視「家人」的目光，看待季秋人。

「季武，你輸了。」

「將陌生人變成家人的病能」——家人製造。

我暗自咬牙懊悔。

我怎麼沒提防到這招呢……

「我根本就不用和葉藏對抗，因為——」

季秋人以得意的笑容向我這麼說道：

「葉藏是『我的家人』啊。」

下一刻，就像是被關了燈，我的眼前一片黑暗。

Chapter 2

院長的弱點

迷濛的意識中，我看見季晴夏站到了我的面前。

她一言不發，面無表情。

朦朧的身影，看上去不太真切。

「晴姊。」

我叫了一聲，但她沒回應我。

她只是默默站著，以溫和的眼神看著我。

「晴姊？」

我再度叫了一聲，但季晴夏依然沒有反應。

不對，這人真的是季晴夏嗎？

再仔細一看——

她穿著白色禮服，左手也沒有被截斷。

「妳是……」我吞了一口口水後問道：「季曇春嗎？」

聽到我這麼問後，她點點頭。

沒錯，她是季曇春。

被我親手刺死的季晴夏複製人，也是季晴夏的普通人版本。

「妳為什麼會出現在這邊？」

「……」季曇春沒有回答我。

我又接連問了幾個問題，她的反應都一樣。

沉默的她，什麼表情都沒有。

我突然意識到，她說不定不是不說話，而是不能說話。

因為此情此景，或許不過是我自己製造出來的夢或幻覺。

就在我這麼想的瞬間——

季曇春的身影彷彿被風吹散一般緩緩散去。

「等一下！」

我往前跑了幾步想要抓住她，但就在此時，她突然有了反應。

她搖搖手，拒絕了我伸出去的手。

「——！」

就像是被電到一般，我的手僵在半空中。

季曇春會有這樣的反應也是應該的。

——她死了。

被我殺死了。

殺死她的我，根本就沒有資格挽留她。

滿溢心中的愧疚，讓我低下了頭。

面對這樣的我，原本一絲表情都沒有的季曇春——

突然露出了微笑。

「是這樣嗎……」我向她問道：「看到我之後的人生，都必須抱持著對妳的罪惡感而活，妳感到很開心嗎？」

聽到我這麼說，季曇春搖了搖頭。

「那妳到底是什麼意思！妳為何要笑？」

「……」

「為什麼妳這時要出現在我面前！回答我啊！」

激動的我想抓住她的雙肩質問，但我的手什麼都抓不到。

「不要一直微笑啊！告訴我妳到底想對我說什麼！」

季曇春的身影越來越淡，幾近透明，但是她臉上的笑容，不知為何看起來非常耀眼。

「告訴我啊——」

「妳為什麼要露出『這樣就好』的笑容消失啊！」

一股疼痛刺到身體深處，就像細長的鐵條貫穿心頭。

這股痛喚醒了我，讓我一時之間迷惑了，不知道自己是因為過於心痛還是身體的疼痛而醒來。

自從殺死季曇春後，這一年來，我每天都會作關於她的惡夢。

但剛剛真的是夢嗎？

雖說確實有可能是我因為過度愧疚而生出的幻覺，但我總覺得這跟平常的夢不太一樣。

或許，死去的季曇春是想要藉這種方式，傳達什麼重要訊息給我知道？

剛才的情景似乎有什麼地方十分關鍵。

我隱隱感覺到了……

「嗚——」

又是一股椎心的疼痛刺到身體中，打斷了我的思考。

我注視著痛楚的來源，這時才發現左手腕上多出了一個鐵製手環。

剛剛的疼痛，是從這個黑色手環內側來的。

仔細一看，會發現黑色手環上有著小巧的白色圖示，分別是眼、耳、嘴、鼻、手——共五個小圖。然後在這五個圖上頭，都打了象徵禁止的白色叉叉。

「這是什麼……？」

我試著發動病能，想要破壞這個手環——

「嗚啊啊啊啊！」

大量的雜訊突然灌入我的腦中。

奇異的閃光、難聞的異味、苦澀的味道、刺耳的聲音、冰冷的感覺——

知覺垃圾填滿了腦袋，讓我抱著頭發出慘叫！

過了約莫五分鐘，疼痛才稍稍舒緩下來。

癱軟在地上的我不斷喘著氣，舉起左手察看手腕上的黑色手環。

這個東西，我曾經在「家族之島」感受過。

那時，它還是手銬的形狀。

院長研發了這個，將其戴到我身上，短暫地封印了我「感官共鳴」的病能。

「這個手環……是那時的加強版嗎？」

不管是限制的程度還是給予的疼痛都比那時高上許多。

要是一瞬間開到五感共鳴……不，說不定在解開前，我的腦袋就會因為過多的雜訊而燒壞。

看來只要有這個手環在，我就無法使用病能。

環顧四周，這時我才發現，我處在一個狹小的白色房間中。這個房間三面都是牆壁，而身前則是一根一根的鐵柵欄。

我終於清楚意識到所處的現狀。

「原來如此……」

在與季秋人的戰鬥中失敗的我，不知被誰關在了這裡。

牆壁非常厚實，鐵柵欄很堅固。

失去病能的我，完全不可能逃離這個地方。

這裡似乎是某個建築物的底層，但因為舉目所見幾乎都是白色牆壁，我也不敢肯定判斷是否正確。

透過鐵柵欄的縫隙望出去，會看到一條長長的白色通道。這條通道中什麼都沒有，盡頭處因為光照不足的關係一片黑暗。

我盤腿坐在潔白的地上，開始梳理現狀。

這裡是單人牢房，原本和我在一起的葉藏和科塔不知跑到哪裡去了。

我仔細察看身體的狀況，除了多了個黑色手環外，其他地方都和昏倒前一樣，隨身物品也都沒有被取走。

而且不知為何，與季秋人戰鬥時所受的傷都治好了。

雖然我在失去意識時，會下意識地用病能加快自我痊癒的速度，但從傷口的復原程度判斷，從我暈倒後，至少已經過了數天。

「不過……腕上的手環究竟是怎麼回事呢？」

依照昏倒前的情勢判斷，我之所以會被關在這邊，是因為我在輸給季秋人後，被他抓了起來。

但是，這手環感覺並非屬於季秋人。

它近似於之前院長給我的病能手銬，若是針對這點思考，就能得出「為我戴上這手環的人是院長」的結論。

雖說也有可能是季秋人發明了類似的東西，但我總覺得並非如此。

「你猜得沒錯喔。」

毫無徵兆的，院長的聲音從我身旁響起。

「將你關了起來，戴上這個黑色手環的人，是我。」

我轉頭一看，只見拿著扇子、穿著層層疊疊和服的院長，就這樣突然地正坐在我身邊。

「話先說在前頭，別勉強破壞或是解開這手環，要是這麼做了，它可是會注射猛烈的死亡認知到你體內喔。」

「……這麼久沒見，妳一上來就送我這份大禮啊。」

「是啊，好久不見，大概有兩年這麼久了吧？」

兩年？有這麼久了嗎？

仔細想想，家族之島後的一年，加上離開祕密之堡的一年，我確實許久沒有和院長面對面說話了。

但因為現在的她是占據半個世界的組織首領，我常常聽到關於她的消息，真要說的話，一點都沒有許久不見的感覺。

「如何，季武，想我嗎？」

院長微笑著稍稍移動身軀，來到我的面前。

等到她坐在我的對面，我才發現她的樣子和以前有些許不同。

「妳……？」

院長的髮上，多了一個作工精細的金色頭飾。

金黃色的絲線呈流水狀一般流下，第一眼看去有些像金色的梳子。

至於她的和服本來就很多層了，如今在最外邊又套上一層雍容華貴的白色大褂。

「這叫作『十二單』喔，也有另一種說法叫作『五衣唐衣裳』。」院長拉起最外層的衣服，露出笑容道：「如何？有沒有『進化』的感覺？」

「進化……嗎？」

這個詞用得還真是恰當。

吸收了「最強電腦」的知識，又歷經許許多多的事情，院長逐漸變成可以與季晴夏並肩的存在。

「所以，我試著改變了一下我的樣子，如何？適合我嗎？」

院長站起身，在我面前轉了一圈。

「……」

很適合她。

看起來就像是古代日本的公主似的。

雖然知道這個人並非可以親近的對象，我還是不由自主地覺得她很可愛，真是可惡。

可能是知道我在想什麼吧，院長輕笑幾聲道：「能讓季武你滿意真是太好了。」

「……妳又不是為了我而打扮成這樣的。」

為了達成自己「世界和平」的目的，連站在人前的外表都修飾成會受大家歡迎的模樣。真要說的話，這才是院長真正的目的吧？

「你這話就不對了，並沒有多少人知道我真正的模樣喔。」

「喔？」

「畢竟我只是影像，為了統治上的方便，也為了能輕易滲透大家，我以各式各樣的相貌呈現在大家面前，有時是小孩、有時是男人、有時則是老人，幾乎沒有人知道我其實不過是個虛擬人格，我真正的姿態，只有『滅蝶』內的核心成員以及季武你們這些人知道而已。」

院長一邊搖動扇子一邊笑道：「所以，若說這副打扮是為了你，嚴格說起來也不算錯。」

看著她笑吟吟的模樣，我皺著眉頭問道：「妳似乎心情很好？」

「哎呀，被你看出來了。」

「妳又在打什麼鬼主意嗎？」

「我又不是成天只會打壞主意。」

「……」

「雖然不知道你是怎麼想的，但久違地遇到知曉我真面目的人，我挺開心的。」

「別騙人了。」

「你忘了嗎？我最大的設定就是『無法說謊』。」

院長打開扇子，遮住下半張臉。

「僅由實話構成，那就是我。」

這是我不知聽過幾次的臺詞了。

但是別忘了，院長那可怕的智慧，讓她總是能以實話說謊。

不能因為她美麗的外表和僅存實話的設定就掉以輕心。

「那麼，院長，我有個問題想問。」

「嗯？」

「我不是輸給了季秋人嗎？為何現在會被妳關在這邊？」

「很簡單啊，因為我從他手中救了你。」

「救了我？」

「是啊，就在季秋人要把你殺掉的那刻，我突然出現，率領『滅蝶』的人出手阻止，將你這個戰利品帶到這個房間中。」

「戰利品……」

「除了你之外，葉藏和科塔也都沒事，她們好好的被我照顧在其他房間中，等待你醒來。」

「……」

看著院長那高深莫測的笑臉，我暗自思忖。

我應該跟她道謝嗎？

不對，怎麼想都不覺得她會不求回報的救我，而且……她給我戴上的手環，某方面就等於是禁錮了我，讓現在的我和普通人一樣。

「你猜得沒錯，我並不是因為好心才救你的。」院長「啪」的一聲攤開手上的扇子，「我想和你做個『交易』。」

「交易？」

「是的，只要交易達成，我就解開你手上的手環，也會還你自由。」

「雖然我不知道交易的內容，但這世上最危險的事之一，應該就是和妳交易吧？」

「我並不會說謊，所以應該是挺安全的交易對象吧？」

「就是只有實話還這麼可怕，才不能輕易答應和妳之間的協議。」

「別這麼說嘛，我倒是認為這筆交易對你十分有好處喔。」

「為什麼？只是還給我本來就有的自由，根本不算是對我有好處吧？」

「不，還你自由只是報酬的一部分，真正的報酬是——我會告訴你我的『弱點』喔。」

「弱……點？」

「是的，統治一半世界，滅蝶首領的『弱點』。」

與她所說的話內容相反，院長露出燦爛無比的笑容。

「只要你掌握了我的『弱點』，你就能讓院長這個存在消失喔。」

曾有一句話說得好。

這世間最貴的東西就是免費。

若朋友免費幫你，你會欠下不知怎麼計算的人情；而若是陌生人無償幫你，若非對你不懷好意，就是想在其他地方討回來。

現在我被院長關住，也被封印了病能。

雖然她說是照顧，但葉藏和科塔某方面也像是被她軟禁起來當作人質。院長已經占據絕對有利的位置，卻在此時要捨棄一切優勢，提出對她極為不利的交易？

這怎麼想都怪怪的吧？

「即使再怎麼不合理的事實，一旦從我嘴中說出，就只會是事實。」院長搖了搖扇子，用她的設定輕易動搖了我心中的懷疑。

「我說過了，我只會說『實話』。」

看著她的微笑，我暗自嘆了口氣。

若是不接受交易，那我就只能繼續被關在這邊，等待哪天葉柔和季雨冬來救我；但她們若是這麼做，勢必會和院長起衝突。

讓她們陷入這麼危險的境地，並非我所願意看到的光景。

仔細想就會發現，情勢完全在院長的掌握中，我根本沒有選擇的餘地。

「我就姑且聽聽吧，妳想提的『交易』是什麼？」

「其實很簡單，我希望季武你們幫我做一件事。」院長用扇柄指了指天花板，「希望你們幫我守護這個『設施』，不要讓它被有心人士破壞。」

「這個『設施』？」我打量四周，但就跟一開始看到的一樣，除了潔白的牆壁外，什麼都沒看到。

「這個『設施』是做什麼的？」

「要說明這件事，必須先解釋其他東西。」

本來站著的院長緩緩正坐下來。看來，她的解釋似乎要持續一段時間。

「季武，你知道我統治了一半的世界對吧？」

「知道。」

應該說現在全世界還有人不知道這事嗎？

「我所創的國家，名為『滅蝶之國』。然後，你現在所在的地方，就是我們的首都——『和』。」

「首都『和』？這是最近建立的嗎？」

因為，我雖聽過「滅蝶之國」，卻從沒聽過「和」這個首都。

「不，從我創立『滅蝶』開始，這個首都就存在了，只是它不被世上之人所知曉。」

「不被任何人發現的首都……」

這究竟是怎麼做到的？

「這裡居住的人，都是我從『滅蝶』中精挑細選後所產出的。住在『和』中的人全都是普通人，一個病能者都沒有，目前人口……約莫是二十萬吧？」

「這是……妳理想中的世界的縮小版嗎？」

「不愧是季武，這麼快就知道了我的真實意圖。」心情像是很好的院長用扇子遮住下半張臉繼續說道：「我花了很大心思打造了這個新世界，請季武有空時一定要悠閒的在裡頭逛逛。」

「新世界……嗎？」

院長打造的世界，究竟是怎麼樣呢？若要說我對此完全不好奇，那就是在說謊了。

「只是，本來和平的新世界在不久前起了異變，季秋人和南突然闖入了『和』中，到處進行恐怖攻擊和破壞。」

「為什麼他們要這麼做？」

「因為在他要殺了你時，我突然出手進行干預，並將你保護在這。他認定我會對『殺了季武』這事產生妨礙，於是他衝入『和』中，想要將我除掉。」

院長搖了搖扇子說道：「為了達到目的，季秋人行事不擇手段，也不怕因此將無辜的人牽涉進來。在這段日子中，已經有兩千個居民被捲入戰鬥中，就這樣無緣無故死去。」

「他對我的恨……竟到了這個地步？」

「與其說恨，我倒覺得已經變成執念了。若是從這點來看，說不定我和他還挺像的，呵呵。」

「……這一點都不好笑。」

「在每一次戰鬥後，他都會提出要求：『將季武交出來。』只是，我從沒順他的心意行事就是了。」

「……」

真沒想到，季秋人對我的病態執著，竟達到這等地步。

可能因為說了太久，正坐在地上的院長暫時停了下來，「嘶」的喝了一口熱茶。

見到她鬆弛且享受的表情，我差點都要忘了那杯熱茶也是影像。

趁著這段空檔，我在腦中整理剛剛院長所說的話。

一、「滅蝶之國」的首都名為「和」，而這個首都目前全世界無人知道位於何方。

二、「和」中住的都是普通人，人口約二十萬。

三、季秋人為了再度殺掉我和除掉保護我的院長，和南一同來到了「和」中。他們引起的紛爭，不斷讓居民死去。

「那麼，院長……」

「嗯？」

「現狀我明白了，但若是如此，為何妳對我提出的交易不是『除掉季秋人』或是『守護和』之類的？」我提出我的疑問：「守護這座『設施』，對妳來說是比前兩者都還重要的事嗎？」

「是的，很重要，甚至可以說沒有比這事更重要的事了。」

面對我的疑問，院長沒有絲毫隱瞞。

「因為，這裡藏著我最大的『弱點』。」

「足以毀掉院長這個存在的『弱點』嗎？」

「是的，只要『殺掉弱點』，現在的院長就會完全消失喔。」

此時，我注意到了院長的用詞。

不是找到，也不是摧毀——而是「殺掉」。

殺掉弱點。

「百聞不如一見，我就直接帶你去看看我的『弱點』是什麼吧。」

「啪」的一聲，我面前的鐵閘門突然開啟。

院長走了出去，在外頭向我招手。

「開心吧，交易都還沒成立，我就先向你支付報酬囉。」

走過漫長的白色走廊，我看到的是無數緊閉的白色房間。

我不知道這些房間中裝著什麼，但院長似乎也沒有要說明的意思。

雖然白色給人很潔淨的感覺，但凡事過頭總是不好的。

無止盡的白色不斷堆疊在腦中，讓人有種這條走廊永無止境的錯覺。

「在昨天，一不小心出了一個意外。」

「嗯？啊？」

走在前方的院長突然發話，讓被大量白色晃花眼的我一時間沒反應過來。

但院長仍毫不在意的邊走邊說道：「昨天，我的某位親信被季秋人所殺，導致我的某項祕密——或許也可以說是『弱點』，讓季秋人他們知道了。」

「等一下，既然是妳的親信，那就算經歷怎樣的拷問，他都不會將機密吐出吧？」

「別忘了季秋人的病能是什麼，靠他的『家人製造』，任何人都可能變成他的家人吧？」

「沒錯……」

「所以，就算我想把『弱點』藏到別的地方去也是沒用的，因為季秋人只要用他的病能，就有可能再次探查出『弱點』藏在何方。」

聽院長這麼一說，我突然覺得季秋人的病能很恐怖，應用性也非常高。

只要在他的影響範圍內，誰都有可能成為他的夥伴。

院長一邊轉著手上的扇子，一邊說道：「所以，知道這事的季秋人他們，現在正計畫要殺死我的弱點，讓礙事的我消失。」

「……妳真的有那種一擊必殺的弱點嗎？」

這世上無人能與季晴夏並肩。

但是，若不是人類，或許就能達到季晴夏的高度。

今天院長之所以難應付，就是因為她不是真正的人，而是一個程式、一個虛擬人格。她能靠著電子產品出現在任何地方，以僅有實話的設定盜取情報、擾亂大家。以成為非人之物的方式，她成了能與季晴夏相提並論的存在。

若是從存在本質來看，院長甚至比季晴夏更難應付。畢竟季晴夏仍是人類，還有殺死的可能，而院長根本就不存在於這世上的任何地方。

沒人可以殺死原本就不存在的事物。

但是，今天突然出現了一個「弱點」。

若是將這個「弱點」殺死，就能將院長抹消。

雖然知道院長不會說謊，但總覺得……這「弱點」的設定，似乎太過方便了些？

「其實不會喔。」院長用扇柄指著自己的腦袋說道：「只要稍微用邏輯思考一下，你就能發現我的『弱點』是必定存在的事物。」

「……是這樣嗎？」

「季武，這世間的一切，不管是什麼，都有其根源。」院長手撫著胸口，「就算我是看似虛無的程式，也不可能就這樣突然從這世界誕生吧？」

「妳說得沒錯……」

必定有「某樣事物」，產生出了院長這個存在。

想到這點後，我腦中閃了一下，像是隱隱約約想到了什麼。

「我從未有過隱瞞我『弱點』的想法，因為只要仔細思考，不管是誰都能發現我的弱點是什麼。應該說你們到現在都還沒察覺到，反而是一件非常奇怪的事。」

院長說得對，我怎麼從沒想到過呢。

程式的運算和虛擬人格的建立，都需要「一個再理所當然不過的東西」才能執行。

而「那個東西」，就是——

「沒錯，就是『主機』。」

隨著院長的語音一落，我們來到了目的地——一道黑色的門前。

與所有白色都不同的門扇，象徵了這個房間的特別。

「準備好了嗎？季武？」院長一彈指，黑色的門扇緩緩開啟，一道刺骨的寒氣從門縫中溢出，讓我不禁發抖。

「你接下來要看到的東西，是院長這個虛擬人格的核心，你也可以稱它為『主機』、『運算的中心點』、『院長的本體』，或是——

「——**足以讓我這個存在消失的『弱點』。**」

「好冷……」

因為冷氣開得很強，我忍不住雙手環抱自己的身體。

房間裡一片漆黑，所以我不知道其中有著什麼。

但是，在黑暗的房間正中央，一個事物發著微弱的白光。

我走近一看，發現那是一個巨型的透明培養槽，無數不知是做什麼用的管線接到了培養槽上，而這個培養槽中裝著的人是——

「院長……」

而且是全裸姿態。

「哎呀，被人看到自己沒穿衣服的姿態，還真是害羞啊。」

虛擬院長站到了自己的培養槽旁，不知是否真的不好意思，她用攤開的扇子遮住自己一半臉龐。

死去的人裝在培養槽中，這景象我已在「最強電腦」和「人類電腦」中看過許多次。

但眼前這個培養槽給人的感覺不太一樣。

裡頭裝著的院長宛若活著，她散開的頭髮在水中不斷漂舞，修長的眼睫毛也微微顫動，看起來像是隨時會睜開眼。

而她全身上下的皮膚也不是死亡多時後會有的那種蒼白，而是散發出讓人感覺有些神聖的淡淡白光。

要不是曾親眼看過院長的屍體，我幾乎就要以為她只是在這個培養槽中睡著。

「這就是運算院長這個虛擬人格的主機喔。」院長用扇子指了指培養槽中的自己說道：「現在你相信了吧，這就是我最大的『弱點』。」

看著散發出白光的巨型培養槽，我點了點頭。

本來的些許疑心，在看到這景象後也輕易地煙消雲散。

這個培養槽是非常特別的事物。

它以巨大的存在感，向所有看到它的人述說這個事實。

「我在病能者研究院死掉後，將屍體帶了出來，用我的屍體建立了這個主機，來供我這個虛擬人格進行運算。」

「所以……就像妳說的，只要殺掉這個，就能抹消妳這個存在？」

「是啊，只要破壞掉這個培養槽，現在你所知道的院長就會完・全・消・失喔。」

看著她眨眼故作俏皮的模樣，我完全說不出話來。

這種感覺很怪異，就像是本來無解的事物，突然天降一道解答在你面前。

「如何，季武，現在知道我的『弱點』後，應該可以相信我想要和你交易的誠意了吧？」

「……我還是有許多不懂的地方。」

「例如？」

「妳為何不自己派人守著『弱點』……或許該說是『本體』？」

「我當然會這麼做。事實上，我已設下層層難以突破的防護……在各式各樣的方面。」

「……各式各樣的方面？」

面對我的疑問，院長並沒有正面回答。

她微微一笑道：「不管再怎麼嚴密的防護，都有疏漏的可能。但今天只要你願意與我同盟，你就會成為對季秋人最有效的盾牌。」

院長搖了搖扇子，露出奸笑道：

「因為比起破壞我的『本體』，季秋人應該更想把你殺掉吧。」

「……妳把自己內心的盤算這麼誠實的說出來，我反而不知道該怎麼反應。」

「畢竟我只會說實話嘛。」

事實上，季秋人會找院長麻煩，本就是因為院長將我藏在這邊的關係。

「那妳為什麼不直接把我交給季秋人就好？」

只要這樣，季秋人就會自動忽視院長，還可以藉此賣對方一個人情。

「季秋人已經知道我的『本體』所在，就算現在他不想殺我，但我怎麼知道他哪一天會突然想起這事，帶其他有心之人來破壞？」

院長用扇子指著我，毫不隱瞞地說出她的盤算。

「可是只要你今天願意被我所用，你就會成為最強的誘餌。我可以利用你掌握季秋人的行蹤，也可以利用你的實力和季秋人進行戰鬥。不管怎麼想，與你合作都比與你為敵好處多得多。」

將我放出去，季秋人這個隱藏的炸彈還是存在。

院長要的，是能永遠免除季秋人這個後顧之憂的方法。

於是，她選擇向我提出交易，想要將我拉到她的陣營中。

院長用扇子指了指我的手環，此時，我手環上突然發出了「喀喀」異響。

「我稍稍解開了你的手環，現在就算你開到三感共鳴，這手環也不會發揮作用，但是再往上就不行了。」

我試著發動病能，結果發現院長說得確實是實話。

「只要你願意與我同盟，最後也從季秋人手中保護了我的『本體』，那我就將這個手環完全解開。」

在泛著幽光的培養槽旁，院長朝我伸出了手。

只要握住這隻手，交易就算成立了。

但是……

「……妳到底在打什麼主意？」

「嗯？」

「我還沒答應妳的交易，妳就不斷將報酬丟給我。」

「要是不這麼做，你根本就不可能答應我的交易吧？」

「……」

院長說得沒錯，到頭來，滿懷疑心的我還是被院長一步步帶到了這個地方。

她不斷將對我有好處的牌打出，藉此拉攏我。

我心底深處明白，我已大幅朝「與院長同盟」傾倒。現在我之所以沒有點頭，不過是因為對院長這個人的畏懼。

「那麼，我問最後一個問題……」

事後回想起來，我根本就不該在此時因為好奇心問這個問題的。

因為就是問了這個問題，讓尚缺臨門一腳的我解除了戒心，接受了院長的同盟交易。

我太蠢了。

我根本就不該放下任何戒心的。

我沒有記住一件很重要的事。

眼前的院長雖不過是個虛擬人格——

但她已是不亞於季晴夏的存在。

「妳為何要讓我在『同盟前』看到這麼多東西？」我看著面帶微笑的院長，問道：「妳已經讓我看到了最大的弱點。換言之，妳已無法在我完成交易後，給我在這之上的報酬了吧？那麼，要是我在此時拒絕妳，妳怎麼辦？」

「誰說我已經無法再給你更大的報酬了？」

「咦？」

「你還沒意識到嗎？這個交易能給你的最大好處是什麼？」

映著培養槽的微微白光，院長露出高雅又美麗的微笑說道：

「只要你接受了這個交易——

「你就能隨時殺掉我的『本體』。」

「…………………………」

就像被這句話給轟炸，喪失思考能力的我完全說不出話來。

「你和我不同，你是普通的人類，所以你能說謊——你能悔約。」

院長拍了拍身旁的培養槽。

「若是你拒絕了交易，那我就會將『本體』移到另一個你找不到的地方。但若是你答應了交易，為了讓你可以從季秋人手中保護我的『本體』，我會將其擺在你能掌控的位置。」

院長橫過闔起的扇子，將其擺在白嫩的脖子上，由左向右一拉。

「『擁有隨時殺掉我的權利』——這就是你最大的報酬，也是你接受同盟交易後才拿得到的東西。」

「……妳就這麼篤定我不會將妳殺掉嗎？」

「不，我倒是覺得你挺有可能下手的，就算你沒那麼做，你身旁的夥伴也有可能會代替你動手。」

「那妳為什麼還——」

「因為，我是這麼想的。」院長露出迷人的笑容，輕輕說道：「若是最後我因為被你殺掉而消失，這樣的結局似乎也不壞。」

「…………」

愣了許久，我才回過神來說道：「……妳真的是這麼想的嗎？」

「別質疑我，別懷疑我。」

院長舉起扇子輕輕舞了一下。

「因為——我只會說實話。」

她再度朝我伸出手來。

彷彿被她的美豔笑容魅惑——彷彿被她蘊藏真心的實話蠱惑。

我伸出手去，讓手被院長的影像吞沒。

「謝謝你，季武。從這刻起，請你盡力保護我的『本體』，而我也會提供你與季秋人對抗的必要協助。請你別忘了——

「我們已是同盟關係。」

「現在是中午十二時，『和』的各位居民好，我是你們的統治者——『滅蝶者』。」

兩隻蝴蝶機械人翩翩飛舞，接著一個虛擬電子螢幕從其中浮現。

院長清麗的聲音透過螢幕流瀉而出：

「現在首都中流竄著兩名可怕的病能者，請我所愛的各位提高警覺、保持警戒，要是少了任何一位居民，對我來說都是極為痛心的事。」

我看著蝴蝶間的虛擬螢幕，只見院長在裡頭的身影不過是一個黑色的剪影，看來她說她不在人前露出真面目的說法是真的。

「我將竭盡所能地解決這些惡質的病能者，還給各位居民一個安全又和樂的居住空間，也請各位不吝給予我幫助。」

說罷，院長向大家深深地一鞠躬。

螢幕收了起來，兩隻蝴蝶揮了揮翅膀，從窗戶飛了出去。

我所在的咖啡店響起了如雷的掌聲！

「哎呀，真不愧是『滅蝶者』，那個氣度就是不一樣啊。」

「每次他說的承諾都一定會實現呢，多虧了他，我們才能過上這麼好的生活。」

「要是這輩子能親眼目睹一次『滅蝶者』的真面目，那麼要我付出怎樣的代價我都願意。」

不管是店長、店員還是顧客，都吐出了類似的話。

這個景象，讓我想起了在祕密之堡時的情景，堡內之人都以崇敬的目光看待他們的領導人季曇春。而這個首都「和」給人的感覺也很類似，所有居民對院長——也就是「滅蝶者」有著近乎崇拜的信仰。

只不過——

「要是病能者全都死光就好了。」

「有『滅蝶者』在，她一定會將病能者都除掉，保護我們安全的。」

「若是看到病能者，也不用『滅蝶者』動手，我們就直接把他幹掉吧！」

與堡內之人不同的是，這邊的居民對病能者有著深深的恨。

聽到他們這麼說，我下意識地將左手縮了縮，用袖子蓋住手背。

雖然已戴上黑色手套遮住手上的蝴蝶印記，但還是不能掉以輕心。

半小時前，院長將我從「設施」中放了出來。

等到重見天日後，我才發現，藏著院長本體的「設施」位於首都的正中心地底，而自從我被抓到這邊後已經過了一星期。

「接著，請你自由行動吧。」院長微笑道：「你那手環除了限制你的病能外，還有通行證和貴賓證的作用。你可以靠著它不愁吃穿的過活，也能靠著它出入任何地方——包括藏著我『本體』的設施。」

「……真是隨意啊。」

「要是不信任你，就稱不上是同盟吧。」

「竟會跟妳同盟……真是作夢都想不到的光景。」

「呵呵……在此我要給同盟對象一個忠告：請你隨時保持警戒。」院長露出奸笑，用闔起的扇子指著我說道：「因為我會釋出你重獲自由的消息，想必季秋人會馬上找上門來吧？」

「……唉。」

我深深嘆了口氣，總覺得腦袋深處隱隱作疼。

「真好啊，有人這樣執著你——抱歉，我不能說謊，其實這感覺糟透了。」

「被妳這麼一說，就會覺得這是再真切不過的事實。」

「但若是從BL觀點來看那就棒透了。」

「妳知道這補充只是讓我的感受變得更差嗎？」

「不過，我倒是很好奇一件事。」

「嗯？」

「若是今天你面臨不殺掉季秋人，他就會殺了你的狀況，你會怎麼做？」

「……」

「你會為了活下去而殺掉他嗎？」

「…………」

「真是善良啊，竟然在這時還會猶豫。」院長用扇子遮住嘴巴，「所以，我才選擇了你進行交易。」

這無疑的是實話。

院長利用了我這份善良和優柔寡斷。

若是真的心狠手辣的人，現在就該回頭衝進設施，摧毀院長的「本體」。

不過……

「沒用的，院長。」

我已和幾年前的我不同了。

「要是以前的我，或許會被妳這番話傷害和動搖。」

但是現在的我已經不同。

「我只要保持如今這樣就好，我很滿意現在的自己。」

因為，季雨冬、葉藏、葉柔是基於喜歡這樣的我而待在我身邊的。

就算被說溫吞、就算被說覺悟不夠、就算因此被人憎恨，我也想維持現在的模樣。

「我要以這樣的季武追上晴姊。」

終有一天，我要跟晴姊親口這麼說：她的選擇從沒錯過。

就是因為她製造了不完整的我，我才能走到她的面前——我想用事實證明這件事給她看。

「……」

因為被扇子遮住了一半面容，我不清楚院長是什麼表情。

她只是默默的看著我，然後在許久許久後，緩緩張嘴說道：

「真好呢……」

放下扇子的院長，以滿臉欽羨的表情如此說：

「我真羨慕季晴夏有著這樣的弟弟。」

「這位貴客！你還想點什麼嗎？」

咖啡店店長的大嗓門，將我從回想中喚醒。

留著落腮鬍的店長拿了許多蛋糕放到我的面前，「看你的手環，你應該是『滅蝶者』招待的貴客吧，想點什麼就跟我說，不要客氣！」

「謝、謝謝。」

這種豪爽的感覺，有點像之前在祕密之堡中看到的北。

「要坐多久都可以，飲料也讓你喝到飽！」

「砰」的一聲，他將十杯咖啡放到了我的桌上。

看著滿桌的蛋糕和咖啡，我總覺得有一股無形的壓力從中散發出來。

「要是貴客願意的話，你今晚也可以住在我家！」

「可以了！目前這樣就可以了！」

店長巨大的熱情，讓我有些招架不住。

聽到我這麼說，他露出遺憾至極的表情退開，但仍不斷在吧檯處偷覷著我。

我嘆一口氣，隨意拿了杯咖啡喝。

之所以會在這間咖啡店，是因為院長跟我約好，會將葉藏和科塔帶來這邊，讓她們和我會合。

「但是……似乎太久了些。」

離約定的時間，已經過了一個小時。

或許是有什麼事耽擱了吧？

趁這段等待的空檔，我打開這幾天因為被抓走而始終關機的手機。

這一年來，我、葉柔、葉藏和季雨冬四散在世界各地救助需要幫助的人，為我們之後想要實行的計畫預作準備。

我們約定好，每天都要用這個加密過的手機進行聯絡和報平安。

失蹤了快一星期，她們想必非常擔心吧。

——未讀訊息三十萬兩千三百六十五封，皆來自季雨冬，請問要打開閱讀嗎？

我默默地將手機闔上。

剛剛……應該是我看錯了吧？

這個訊息量已經逼近一秒一封了，就算季雨冬再擔心我，也不至於做到這麼誇張吧？

我深吸一口氣，再度打開手機，隨意開啟其中一封訊息——

「——武大人我好擔心你我好擔心你我好擔心你我好擔心你我好擔心你我好擔心你

我好擔心你我好擔心你我好擔心你我好擔心你我好擔心你我好擔心你我好擔心你我好擔心你我好擔心你我好擔心你我好擔心你我好擔心你我好擔心你。」

我再度闔上手機。

還是不要打開來看了吧。

我默默地將所有訊息丟入垃圾桶後刪掉。

將占容量的季雨冬訊息刪除後，葉柔給我的簡訊才從大量訊息中露了出來。

葉柔的簡訊只有一封。我悄悄鬆了口氣。

比起季雨冬的訊息，她的應該不至於那麼沉重——

「——季武哥哥，我的病能每天都會『看到』雨冬姊姊啊！她渾身散發出黑色氣息，一直保持足以致命的狀態！你到底在哪裡？再這樣下去我也救不了你啊！」

「……………………」

我將訊息全部清空。

傳了封報平安的簡訊後，我趕緊關掉手機。

喝了一口咖啡，我努力運轉腦袋，忘掉剛剛看到的東西。

這一年來，季雨冬大概是我們之中變最多的人。

本來的奴婢面具幾乎已蕩然無存，她越來越接近普通女孩子——好吧，或許比起一般女孩子，她對我的心意更加重些。

這些日子讓她這麼擔心……

一想到後果，我的手就忍不住抖了一下，手中的咖啡也差點掉下去。

突然有些慶幸短時間內我看不到季雨冬。

跟我一起被抓走的是葉藏而不是她真是太棒了。

不過說到葉藏，她怎麼還沒到？

莫非她和科塔出了什麼意外？還是迷路了？

這一點都不奇怪，等到我從「設施」出來後，我才發現「和」這座城市幅員遼闊，與其說是城市，不如說是一個小國家。

雖說裡頭有二十萬的居民，但因為生活空間廣大的關係，整體看起來並不擁擠。

經過設計的大樓有秩序的排列，並適當地在其中穿插綠地、公園、藝術建築，讓整座城市看起來非常漂亮，生活起來既舒適也沒有壓力。

但若僅是如此，那「和」不過是座普通的美麗都市，稱不上院長說的理想鄉。

它真正特別的地方在於——

這座城市，有著無數靠病能進行運轉的機械。

比方說在公園時，會看到許多長得像普通蝴蝶的機械飛來飛去。這些靠病能做為動力運轉的蝴蝶，會自動偵測掉落的垃圾，將其夾到垃圾桶中。

城市中的汽車、機車、大眾運輸工具，也都是靠病能運轉。

就連一般家電都不例外。

我看向咖啡店中的冷氣機。那並不是普通的冷氣機，而是靠病能運轉的。

有一句話叫「心靜自然涼」。

病能冷氣機不斷將「很冷」、「很冷」的認知灌到店中之人的心裡，使得人們可以無視實際的熱度，不斷感受到涼意。

我閉上雙眼，悄悄地展開三感共鳴。延展我的病能，我開始探索這座城市。

雖然還是有少數機械是靠電力、石油進行運轉，但絕大多數的機械，都改成以病能為動力了。

這使得「和」這座城市幾乎沒有汙染，空氣清新得就像是在高山上。

這是下一個時代——「病能時代」才能具備的情景。

院長靠著城市中的蝴蝶機械人瞭解、監控城市的現狀。因為她是程式的關係，不會有人力不足的問題，也不用靠著嚴苛的稅收來維持城市的運作。

她確實說了實話，她愛著她的子民，並以全力照顧這些人。

我之所以理解這點，是因為住在「和」中的人，不論是大人、小孩都露出開心的歡笑。他們做好自己的工作，過著豐衣足食的生活。

若這世上有天堂，那或許就是像這樣的情景。

「唉……」我暗自嘆了口氣。

當我看到這幅景象後，我知道我更加無法對院長下手了。

若是此時我選擇將她的「本體」殺掉，那這樣的行為，跟我之前殺掉季曇春有什麼不同？

殺掉大家仰慕的存在，剝奪大家依賴的事物。

若我真的這麼做，那在旁觀者的眼中，究竟是院長比較像惡人，還是我比較像呢？

我暫時屏除剛剛的疑惑，因為要是繼續想下去，我會開始厭惡自己。

「唉……」我第二次嘆氣。

我繼續延展認知，這次我朝天空邁進。

關於這座城市，還有一個謎沒有解開。

為什麼這麼大且創新的城市，事到如今都沒人發現？

不斷向上的我，很快就穿越了高空的雲層——咦？似乎比平常還快碰觸到雲層？

這個疑問，很快地就得到了解答。

終於達到足以俯瞰整座都市的高度後，我停在半空中，震驚得差點說不出話。

「天空之島……」

「和」是一座巨大的天空之城。

我被這壯闊的城市感動、震撼。

「和」以病能做為動力飄浮在高空，並以干擾人類認知的防護罩保護住。

沒人發現「滅蝶」的首都，是一件再理所當然不過的事。

因為這是完全超乎人類常識的存在，就算真的僥倖看到，也會被足以遮蔽認知的病能擋住。

「不過，若是如此，季秋人他們又是怎麼闖進這座城市的？」

靠著「家人製造」的病能獲取情報嗎？

總覺得有些奇怪。

就算知道情報，但「和」位於空中，院長若是真要防範，他們應該是不可能闖進來的啊？

「殺……」

此時，一陣雜音從下方傳來，打斷了我的思考。

我將認知往下——朝著雜音的方向前進。

當看到「和」下方的景象後，就像是凍結在半空中，我愣在當場。

——無數屍體和鮮血飛舞。

在富足又快樂的「和」下方，正在進行無情又慘烈的第三次世界大戰。

因為人類和病能者之間的衝突，無止盡的戰鬥和死傷不斷堆積。

這兩者之間的景象，成了再強烈不過的對比。

真是諷刺。

院長的行為打造了理想鄉，卻也造就了悲劇。

我再度體認到了，她不是善也不是惡。

她是兩者的混合，也是混沌的存在。

為了她想要的世界和平，她可以做出任何事情。

即使壓榨絕大多數的人，讓少數人如她理想一般生活這種事她也會做——就像這座城市。

「主人。」

一聲熟悉的呼喚，將我的意識拉回原本的咖啡店。

「主人，你還好嗎？」

不知何時，面無表情的葉藏和之前救出來的科塔已來到咖啡廳，坐到我對面的位子。

我打量她們。

葉藏的打扮一如往常，科塔則穿上了白色連身裙。

這兩個表情不豐富的人並排坐在一起，讓我有一種她們是家人的錯覺。

「妳們……沒事嗎？」我向她們確認。

「是，主人，我們沒事。」

「沒事就好，不過妳們手上的黑色手環——？」

她們手上也和我一樣多了一個黑色手環，但與我不同的地方是，她們的手環並沒有任何白色圖示，是一片純黑的狀態。

「這是我的母親……不。」

突然止住話語的葉藏，就像當機般愣在當場。

過了一會兒後，她搖了搖頭說道：

「『院長』，對，是院長給我們戴上的。」

「嗯……」

看來，就算葉藏理智上知道自己的母親已經死亡，她心中還是很難割捨掉這份感情。

仔細想想，在「家族之島」時，有和院長做出訣別的僅有葉柔。

我一直以為葉藏也和葉柔一樣，已不在意院長的事，但其實是我疏忽了嗎？

「院長跟我們說，只要不取下手環，這個手環就不會讓我們有生命危險。」

「它沒有限制或封印妳的病能嗎？」

「沒有，這手環目前沒對我的身體造成任何影響，不過院長似乎能靠這個掌握我們的位置。」

看來跟我手上的是不同類型。

雖然硬是取下會有危險，但若置之不理就不會有事。

我的手環和之前曾戴過的病能手銬較為相似，但葉藏和科塔的手環，應該較為近似發信器。

「等一下，科塔，不行！」

──啪的一聲。

突然傳來的聲響，打斷了我的思考。

可能是想要吃桌上的甜點吧，葉藏將科塔伸出去的手從空中拍落。

「長輩都還沒吃，就算妳再怎麼想吃也要忍住。」

葉藏豎起食指，以嚴肅的語氣告誡身旁的科塔。

也不知道科塔有沒有聽懂，雖然她手捂著吃痛的地方，雙眼也微微瞪大看著葉藏，但她的表情整體來說沒什麼變動。

「如果不知道什麼才是正確的，那就模仿大人的做法。」

可能也被這樣教導過吧，葉藏繼續對科塔說教。

「大人怎麼做，妳就跟著這麼做。若不能確定這麼做是不是對的，就不要做，知道嗎？」

「…………」

「回答呢？」

科塔點頭。

該怎麼說呢……

我很想為眼前的情景來段感想。

但是不管怎麼想，我的腦中都只有兩個字——

那就是「適合」。

這幅景象彷彿天造地設，讓人看了就有想要頷首肯定的衝動。

葉藏教導科塔是應該的，科塔受教是理所當然的——她們給人這樣的感覺。

就像是兩片可以完美湊在一起的拼圖，葉藏和科塔在一起的畫面，恰到好處到甚至讓人感動。

就在我思考這些事情時，葉藏將桌上的甜點分成小塊，端到科塔的面前。

不擅長刀叉的科塔吃得嘴邊都是，葉藏很自然地用面紙擦了擦她的嘴巴。我有些驚訝。

葉藏意外的很會照顧人……不對，只是我沒意識到她有這一面嗎？

仔細想想，雖然方法有些笨拙，但當初她也是拚了命的想要守護葉柔。而即使已經站在族長這樣高的地位，葉柔依然仰慕著葉藏。

「不過，主人，先不說這個。」

葉藏挺起胸膛，端正坐姿，像是要說什麼重要的事情一般緩緩對我說道：

「竟讓你在這等待這麼久，我真是罪該萬死。」

「喔？那沒關係啦。」

「不行，請主人收下我的歉意。」

「不用這麼慎重其事——」

「既然錯了，就要道歉。」葉藏看了眼身旁的科塔，「這也是為了還在學習的科塔。」

雙手放在桌上，她用力地伏下頭來——

——砰！

桌上的飲料和蛋糕跳了一下！

她成功的用桌子磕頭，達成了吸引全店的壯舉。

「葉藏……」我揉了揉緊皺的眉間，「我剛剛也說了，我並不在意，妳可以不用這麼正經道歉沒關係——」

——砰！

第二聲撞擊聲響起。

桌上的飲料和蛋糕跳了第二下。

葉藏身旁的科塔學著她的舉動，也用桌子磕了頭。

「…………」

我的頭應該比她們還痛。

這對傷透腦筋的組合是怎麼回事？

「這位貴客！是我們的服務讓你有什麼不滿的地方嗎？」店長緊張地跑到我們桌旁。

「抱歉……剛剛只是意外，造成你們困擾真是不好意思。」

「別這麼說，一定是我們無意間做了什麼，才讓尊夫人和女兒不開心了——」

「……喂。」葉藏以低沉的聲音打斷店長的話：「你剛剛說了什麼？」

搞不清楚狀況的店長慌張地搓手，「咦？咦？尊貴的夫人，請妳息怒——」

「不要汙辱我的主人！我並不是他夫人！」

「咦？那妳是？」

「我啊，我不過是——」

葉藏站起身來指著我，以全部人都聽得到的聲音嚴正宣示：

「——不過是他的女奴隸罷了！」

「……………女奴隸，是嗎？」

震驚過頭的店長，只能無意識的嘴巴一張一闔，重複葉藏所說的話。

……好想死。

我深深低下頭。真希望我能發動刪除左邊的病將自己抹消掉。

還有葉藏，妳的價值觀真的很奇怪，妳這樣才是真正在教壞科塔吧。

「就算是誤會，把我稱作是主人的夫人也太過分了！」

「那我應該怎麼稱呼妳？尊貴的女、女奴隸？」

別看我啊，你絕對是誤會了。

你那種目光，完全就是把我當成有那種癖好的人啊。

「不，仔細想想，就連奴隸我都沒做好。」

面無表情的葉藏握緊拳頭，像是有些不甘心地說：「說來慚愧……目前我唯一可以自豪的部分，只有和主人的廁所融為一體這件事！」

「成為貴客的廁所是嗎？貴客的嗜好真是、真是不簡單啊……」

店長真不愧是專業人士，聽到這種話還能勉強保持扭曲的笑容。

我就不行了。

待會稍微自殺一下好了。

抱歉，晴姊、雨冬，我們可能要來生再見了。

「…………」

科塔看了一眼身旁的葉藏，也跟著站起身來，學著葉藏握緊拳頭。

店長以不可置信的目光看著科塔說道：「該、該不會，就連這麼小的女孩也是貴客的——」

「沒錯。」葉藏點了點頭，「她也會在將來成為主人的奴隸。」

「…………」

可能基於熱心，也可能是自覺為他人說明我的喜好是奴僕該做的事。

葉藏指著我——科塔也跟著指著我說道：

「別看主人這樣子，主人最喜歡把身邊的女孩子當作奴僕使喚了。」

「嗯、喔……」與葉藏的熱情演說相反，店長的眼神越來越空洞。

「所以跟在主人身邊的某位女孩，甚至曾為了主人，自己砍斷左手——我也希望哪天能達到她這樣的境界。」

人的忍耐力終究是有極限的。

聽到這番話，店長終於退後幾步，以看怪物的眼光看著我。

科塔瞥了一眼店長，也開始學習他的動作。

她微微後縮，以冷淡的眼光看著我。

「…………」

要是有特殊癖好的人被幼女這樣看待，想必會很興奮吧，但我可沒有這樣的興趣。

不過這樣一看，會發現科塔真的是個「純白」的女孩子。

她的頭髮是白的、眉毛是白的、衣服是白的，皮膚因為一直被囚禁的關係，也白到幾乎透明。

或許是之前一直被黑幫榨取病能所產生的影響？她雖不會說話也面無表情，但行為就像是幼童一般，會模仿周遭之人的舉止。

不過，或許該慶幸她是個如此「純白」的女孩嗎？

所以此時的我才能注意到——她的體內，有著一個格格不入的物體。

「主人，你做什麼？為何一直盯著科塔的胸口看？」

葉藏疑惑地問道，但我沒有理會她。

我發動二感共鳴，試圖讓知覺穿過科塔身上的薄連身裙。

「葉藏，科塔的胸口是怎麼回事？」

「胸口？」

歪著頭的葉藏在思考了一會兒後，以一副「主人應該是要問這個」的表情敲了一下手掌，「主人可能不知道，但在科塔這年紀，胸部沒發育是很正常的喔。」

「……我不是在說那個。」

在妳心中我到底是什麼形象啊？

請別一本正經地說出這種蠢話，店裡的客人看我的眼神已經不是驚訝而是鄙夷了。

「貼在科塔胸口處、只有指頭大小的黑色物品是什麼？」

科塔的胸口正中央，也就是在她的蝴蝶印記旁，貼著一片約莫三公分的「黑色薄片」。

「喔喔，那個啊。」葉藏看了一眼科塔的胸口說道：「我們之所以遲到，也是因為那個的緣故。」

「喔？」

因為這個「黑色薄片」而遲到？

「我們剛剛在來這邊的路上，遇到了一個人，因此耽擱了一下。」

「……」

心中的不祥預感突然大盛！

「『那個人』吩咐要將這片黑色薄片貼在科塔胸口，所以我就照做了——」

「葉藏。」我打斷她的話，握住她的雙肩嚴肅問道：「『那個人』是誰？叫什麼名字？」

「主人也認識他啊。」露出毫無防備的笑容，葉藏說道：「那個人——

就是我的『哥哥』。」

「————！」

我就知道是這麼回事！

意識到危險的我，迅速將病能提到三感共鳴。

我伸出手去，想要拆掉科塔胸口處的「黑色薄片」。

但是已經來不及了——

無色無味的認知從「黑色薄片」中噴發而出，充滿了整間店！

所有接觸到這股認知的人，都像是死了一般倒下。

那根本不是什麼「黑色薄片」，那是裝著「死亡錯覺」的炸彈啊！

透過「家人製造」的病能，季秋人將葉藏和科塔變成了人體炸彈，實現了這個恐怖攻擊！

所有人都倒了下去，就連葉藏和科塔也不例外。

雖然科塔是死亡錯覺的病能者，但沒發動能力的她，就跟個普通小女孩沒兩樣，一樣會被這種病能所傷。

藉著三感共鳴，我勉強在這股死亡錯覺中維持住意識。

「在找到可以確實殺掉你的方法之前，我不會再冒險出現在你面前。」

我的聲音——或許該說是季秋人的聲音，從科塔胸前的黑色薄片中傳出。

原來如此。

聽他這麼說，看來季秋人並不知道我的病能暫時被院長封住了一部分。

「我會在你永遠找不到的遠方，想盡辦法殺掉你。」

遠方？稍微思考一下後，我就明白他為何會選擇這種模式。

之前季秋人準備了這麼久，好不容易才靠著「人類電腦」和「南的狙擊」將我逼入絕境。但是要齊備這樣的條件和環境並不容易，所以他再一次利用了葉藏和科塔，製造出了現在的局面。

「所有人都是我的『家人』。」季秋人輕笑一聲，「之後的日子，你最好將身邊的人都當作敵人。」

說完這句話，裝在科塔身上的「黑色薄片」登時脫落。

但它的任務早已達成，就算已經失效，對現狀也沒有任何幫助。

看著宛若地獄的情景，我心急如焚。

「怎麼辦、該怎麼辦……」

現在只能使用三感共鳴的我，無法控制這股災情。

要是死亡錯覺擴散開來，將會有更多的人死去。

所幸我的擔憂很快就得到解決。

「緊急通報！緊急通報！」

大量發出紅光的蝴蝶機械人從遠方飛來，籠罩這間咖啡店。

「死亡錯覺汙染產生，請各位遠離咖啡店！死亡錯覺汙染產生，請各位遠離咖啡店！」

這些蝴蝶一邊發出警報、一邊張開某種透明的薄膜，包住了咖啡店。

接著，它們伸出長長的口器，彷彿吸塵器般，將店內的死亡錯覺吸入體內。

真不愧是院長，馬上就進行了處理，不讓災情繼續擴大。

看來只要再過幾分鐘，瀰漫在店內的死亡汙染就會被吸光。

但是這樣的處置，並不能救助店內這些已經被感染的人。

要是繼續置之不理，這些人全都要死！

我跑到葉藏和科塔身旁，不過幾分鐘而已，她們的臉就和死人一般慘白。

我閉上雙眼，兩手按到她們頭上。

再一次模仿之前從季曇春身上學到的灌入記憶，將「妳們並沒死」的認知灌到她們體內。

她們的狀態逐漸改變，皮膚恢復了原本的紅潤，狀態也從死亡變得像是睡著一般。

可以，行得通。

如今店內的死亡錯覺幾乎被蝴蝶機械人抽乾，也就是說感染源已經消失。

只要反覆操作這樣的動作，我就能救起店內的人。

我將所有倒下的人集中在一處，用最快的動作把認知灌到他們腦中，讓他們意識到自己並沒死。

「呼、呼……」我的呼吸逐漸變得粗重，汗水也浸溼了衣服。

體力下降讓我感到痛苦，但更為辛苦的其實是——

——你已經死了。

我的腦中不斷出現這樣的認知。

跟店內所有受害者一樣，我也是被感染的一分子。

我之所以還能活動，是因為我用三感共鳴感受自己的身體，強迫自己明白「我還活著」的事實。

但在體力不足的狀況下，我逐漸被這股死亡錯覺浸染。

——你已經死了。

我用力搖頭，想將這股認知甩掉。

現在的狀況，讓我回憶起之前在病能者研究院時的情景。

那時，我也是一邊告訴自己還活著、一邊對自己進行手術。

眼前的視線逐漸模糊，手和身體越來越重。

時空彷彿錯亂了，我又回到最初的那個時候。

比起當時，我是否有所不同？

回想這幾年的遭遇，我總是被院長和晴姊耍得團團轉。

病能者研究院、家族之島、祕密之堡，我深陷其中，隨她們的安排起舞。

我知道的，我永遠比不上她們。

經過這麼久，我依然只能做為棋子，被她們利用。

但是——

硬撐住一口氣，我以緩慢的動作繼續挽救大家。

全力運轉的病能，讓左手上的蝴蝶印記閃閃發光。

在幾乎耗盡的意識中，我看到倒下的人臉色一個接一個恢復紅潤。

我露出笑容。

比起之前，我想我還是有所不同的。

一開始時，我是在這樣的情景中拯救自己。

但現在的我，是用這樣的能力拯救他人。

被我拯救的人變多了，我身邊圍繞的人也變多了。

就像雨冬說的，一個人追不上，就兩個人一起追吧。

若是兩個人追不上，那就更多人一起追吧。

若季晴夏和院長是人類不能及的怪物，那我們就用聚集起來的人類對抗吧。

在我即將到達極限的時候，我終於救治完所有人。

我坐倒在地，大口喘著氣，腦袋中就像有鐵條在來回穿刺。

我可以失去意識嗎？

季秋人會不會再度出現？不，應該不會，他無法肯定這邊的死亡錯覺已經消散，而且這時的他應該正在躲避院長的追捕。

我不自覺地放鬆戒心，準備閉上雙眼。

但是，我太天真了。

我忘了這邊是怎樣的國度。

——這裡是「和」，院長這個扭曲的執念所建立的理想國。

「你、你是病能者對吧！」醒來的咖啡店店長，站到我的面前大聲說道：「我看到了，你在救我時，左手背上有一個發光的蝴蝶印記！」

「……」因為剛剛過於勉強，我連答話都辦不到。

「就算你是『滅蝶者』的貴客！但病能者就是邪惡，就是該死的存在！」

店長的眼中，充斥著滿滿的畏懼和恨意。

原來如此啊……

此刻，我突然瞭解院長之前說的「挑選」是什麼意思。

除了挑選「滅蝶」中對她忠心的人，她也挑選了仇恨病能者的人。

「明明這裡的生活那麼平靜，但總是會有你們這些可惡的病能者混進來，威脅我們的生活——！」

面容扭曲的店長從懷中掏出一把槍，瞄準我。

注視著槍口，我想到了南和季秋人。

也難怪他們會出現在「和」中了。

他們不是混進了這座難以入侵的城市——

——**是院長故意放他們進來的**。

想必院長一定是定期將病能者投到這座城市中吧？

只要「和」中有著對病能者的恨，她就能利用這股恨意輕易掌控大家的心。

「去死啊啊啊啊啊啊啊啊啊啊啊啊啊！」

店長的槍噴出火花，子彈貫穿了我的胸口。

真是諷刺到極點。

真沒想到，我的人生終點竟是以這樣的形式呈現——

被自己拯救的人，滿懷恨意地殺害。

病能家電

冷氣機

曾聽過一個想法：幸福不過是腦內的激素變化產生的現象，所以其實要感受幸福很簡單——只要刺激大腦就好。
不用親情、友情也不用其他東西，只要灌給大腦需要的東西，就能得到幸福感。
省略所有過程，只追求幸福的結果——現代常見的吸毒，大概就近似於這概念吧？（不過還是在此囉嗦一句，絕對不要吸毒）
那麼套用這樣的概念，要是人類能接受認知的灌入，那會如何？
病能冷氣機可以將「涼」的認知灌到人類腦中，但它其實根本沒在吹涼風，就算實際溫度很高，人類也會因而覺得涼爽。
這想法可以套用在很多地方，食物也不用調味了，要是能灑上「美味」的認知在上頭，那吃的人都會覺得美味吧？
「給人美麗印象的化妝品」、「給人氣質感覺的香水」、「給輕小說作家大賣錯覺的版稅報告書」等等——這些也都沒問題吧？

病能能源

將認知變成動力源，這是可能的嗎？
就如前面的設定所說，人的感覺產生，是靠受器傳導到大腦，受器接受訊息後，靠著電流和一些化學反應，將這些刺激帶到大腦並激活它。
既然有電流和化學反應，那就等同於能源吧？
不過這畢竟是小說設定，這些電流和化學反應比起現實中產生的電力，應該是極其微弱的，別說利用了，連怎麼取出不耗損都是一件難事吧。

Chapter 4 死而復生的季曇春

「嗚——！」

胸口的疼痛，讓我睜開了眼。

我低頭一看，只見不知是誰救了我，我的上半身被繃帶層層包住。

穿過我胸口的子彈很幸運地沒有打到要害。之所以會有這個結果，應該是我雖已沒有反抗能力，但仍依照之前的大量戰鬥經驗，反射性地避開致命傷。

我發揮病能，控制自己的肉體，加速傷口的修復。

這裡是哪裡？葉藏和科塔不在身邊，四周都是白色牆壁，感覺很像是我之前被院長關起來的「設施」。

我又回到原本的地方了嗎——

「——！」

此時，眼前突然出現的異景，就像利刃一般俐落地切斷了我的思考。

穿白色禮服、頭戴水晶王冠的季曇春，就這樣站在床前看著我，露出微笑。

「咦？咦？」我在作夢嗎？

不對，胸口很疼，物理上的疼痛和心中深處的疼痛混在一起，構成了劇痛。

這不是夢。

抑或這是我因為罪惡感所產生的幻覺？

不自覺地，我發動二感共鳴探查眼前的季曇春。

「怎麼……可能……」

是具有實體的。

但因為只有二感共鳴，我無法知道她在想些什麼。

對著眼前的季曇春，我顫巍巍地伸出手去。

結果，觸手之處非常溫暖，我切實的感受到了，那是人類——是活人的體溫。

第一瞬間，我有想哭的感覺。

她還活著，季曇春還活著——

「不對，不對……」

我突然意識到了不對勁。

人死無法復生。

即使是季晴夏，也只能製造徒有自己外表的季曇春。

「妳是誰？」

我問著眼前的「季曇春」。

「季曇春已經死了，妳究竟是誰？」

就算再製造一次季曇春，那個人也沒有與我和季秋人之間的回憶。

「回答我啊！妳假扮成季曇春，到底是想做什麼？」

就算我再怎麼希望她沒被我殺死，但我還是清楚地知道，她已經死了。

「……」

「季曇春」沒有回答我。

就像一縷煙似的，她從我手中消散。

我驚訝地看著自己的手——看著那雙剛剛還抓著季曇春的手。

上頭還殘存著剛剛的溫度和觸感。

「這究竟……是怎麼回事？」

具有實體的幽靈？不知名的病能？還是——

叩、叩——

此時，房門外突然傳來一陣規律的敲擊聲。

叩、叩、叩——

這股敲擊聲越來越近，轉眼就到了門前。

先別管剛剛的季曇春了吧。雖然從胸口上的繃帶判斷，將我帶到這房間的人應該沒有惡意，卻也不能放鬆戒備。

會是誰呢？

季雨冬和葉柔應該還來不及來到這城市。

所以是院長？也有可能是葉藏或是科塔？

就在我思考這些事的時候，房門開啟，一個拄著拐杖的人走了進來。

原來如此，剛剛那些撞擊聲，是因為這人拄著拐杖走路啊。

「你醒啦？」

當我看到站在我面前的人是誰時，我張開嘴，驚訝得幾乎說不出話。

「身體狀況還好嗎？」

南——之前季曇春的左右手，對我露出淡淡的微笑。

俐落的短髮、精緻又充滿英氣的五官。

南穿著白色襯衫、黑色的牛仔褲，腳下蹬著厚重的馬靴，外頭則罩著黑色的風衣。時隔一年再度看到她，她整體給人的感覺仍和之前在祕密之堡相似。一樣看起來是個凜然不可侵犯的帥氣大姊姊。

然而，她還是有一個地方與之前不同——

「妳的左腳……」我指著她的左腳和撐在左手的拐杖。

雖然外觀乍看之下沒什麼特別，但只要稍微注意她走路的姿態，就能發現這件事。

「你發現啦。」即使說著這種事，南臉上的淡淡笑容依然沒有變化，「我的左腳被砍斷了，從大腿根部以下的部分都消失了，現在裝在腳上的是義肢。」

「……嗯。」

所以才要拄拐杖走路嗎？

上次和她對戰時，因為距離太遙遠加上戰況太激烈，我根本沒注意到她沒了左腳。

「順道一提，這隻左腳是我在成為病能者後，被仇視病能者的人類給砍斷的。」

南稍稍轉動右手，將她右掌上的蝴蝶印記秀給我看。

「…………」我不知道該回應什麼。

南在說這些事情的時候態度非常平靜，就像是在說別人的事，反而是我的心情受到影響，有些坐立不安。

剛剛我才說，南的外表和一年前沒什麼差異，但這說法或許大錯特錯。

她成了病能者，然後又因為這個身分而喪失左腳。

這一年來，她和季秋人究竟是過著怎樣的人生？

「不過，該慶幸的是我失去的不是左手或左眼，所以我還能使用自傲的狙擊技術。」

南露出親切的微笑說道：

「我可不想連之前保護公主殿下的能力都失去。」

看著她的笑容，我再度傻愣住。

為什麼呢……？從她身上，我實在感受不到任何敵意。

「就如你所想的，我不是你的敵人。」

眼中瞳孔變成二的南，輕易看穿了我的心思。

「我將重傷的你們從咖啡店中救了出來，藏在這個『設施』中。」

「是妳……救了我？」

「是的，至於葉藏小姐和科塔小姐在別的房間休息，請不要擔心。」

南坐到我的身邊，注視著同樣發動二感共鳴的我說道：

「接下來，讓我們兩個來場久違的聊天吧。」

「季武先生……我可以這麼叫你嗎？」南向我問道。

「當然可以。」

「那我就不客氣了，季武先生，你叫我南就好。」

南的態度很自然，彷彿是在跟朋友說話。

與她的從容相反，我的話語因為不安而有些結巴。

「南、南。」

「嗯？」

「妳……不恨我嗎？」

「恨你？為什麼？」

「因為，我……」

此時，我腦中浮現了殺死季曇春時，南所露出的扭曲面容。

像是刻上了一輩子都無法忘懷的仇恨。

「我本來是很恨你的，就跟季秋人一樣。」南以淡然的表情看著我說道：「但我現在並不恨你。」

「——真的嗎？」

「我們是能力相同的病能者，所以彼此應該都知道，說謊對我們的病能是沒有意義的吧。」

「嗯……」

「戒心不用這麼高，我雖和你一樣有著『感官共鳴』的病能，但在熟練度上，我和你有著巨大差距。之前在黑道豪宅時能做到如此，是因為有『人類電腦』輔助計算的關係。」

南開始告訴我她身為病能者的詳細狀況。

「我只能開到二感共鳴，要是提升到三感共鳴或四感共鳴，就只能用在和槍械相關的技術上。」

「也就是說……妳不能用三感共鳴或四感共鳴強化肉體囉？」

「是的，因為我還無法完全掌握這病能。但我從小就在狙擊方面有著非常高的天分，所以只要是跟射擊相關的技術，我就能用『感官共鳴』強化。」

也就是說，若是處在射擊狀態，南可以用高強度的病能強化瞄準、修正彈軌、預測敵人和子彈走向等要素。

但若不是在射擊狀態，南就無法使用三感共鳴或四感共鳴。

綁定槍械的病能者——嚴格說起來，我們的病能雖一樣，但她還是跟我有所不同。

「……妳為什麼要跟我說這麼多。」幾乎是把自己的底牌都說完了。

「我不恨你，我再說一次——現在的我，並不恨任何人，就連砍斷我左腳的人我都原諒了他。」

「…………」

她的表情雖然變化不大，但我可以感受到她的誠懇，於是我點點頭。

看到我終於接受她的說法，南解除發動的病能，像是在以這個行動暗示「我們不要再彼此試探了」。

我猶豫了一會後，也跟著解除病能。

南露出微笑，說道：「你終於放下戒心了，太好了。」

「可是，我不懂……為什麼妳有這麼大的轉變呢？」

「一年前，從『祕密之堡』逃出去的那天，你還記得那時候的事嗎？」

「記得。」

應該說，從沒有一天忘記過。

「那時，就在滿懷恨意的我面前，公主殿下出現了，她以堅定的神情告訴我說：『她很幸福。』」

「嗯……」

那是，季雨冬在那場慘劇之後留下的唯一救贖。

「我知道她死了，我親眼看到她死的，但是——」

南仰起頭來，就像是在回憶當天的情景。

「從我被公主殿下帶到『祕密之堡』的那刻起，我全部的人生就奉獻給她。既然在最後聽到她這麼說，不論那是真是假，我都選擇為那句話獻身。」

南看著我，以平淡卻堅定的語氣說道：

「『她很幸福』——所以我不該再怨恨任何人。」

「——！」

我一時之間有些鼻酸，趕緊用手掌遮住臉掩飾。

最後說出的謊言，製造了像季秋人那般的仇恨，但是——

似乎也拯救了一些人。

「在那之後，我一直跟在季秋人身邊。我知道他是公主殿下最想保護的事物，所以我繼承了公主殿下的遺志，陪伴在他身旁。」

即使季曇春死了，南依然是她最忠心的家臣。

她繼續將剩下的人生，投注在季曇春的願望上。

「成為病能者，也是為了季秋人嗎？」

「你猜得沒錯。」

指著自己的左腿，南說道：

「從『祕密之堡』崩壞那天起，世界一片混亂，僅僅是『身為病能者』，季秋人就遭遇了無數的危險和迫害。」

「我明白……」

這一年來我在世界各地看到的也是類似的情景。

就跟我剛剛遇到的事情一樣，並沒有任何道理，不管你是好人、壞人，甚至是救命恩人，只要你是病能者，就該無條件被普通人殺害。

「所以，我選擇成為病能者。」南以一貫的淡然表情說道：「因為，我想變成和季秋人相同的存在。」

「僅僅……是為了這個目的？」

「是的，僅僅是為了這個目的。」南露出輕輕的笑容，「與他一同品嘗同樣的不幸和時光，才有可能成為真正的家人吧？」

「……」我再度說不出話來。

如此平淡的述說這些事，反而更給人一種理所當然的感覺。

為了季秋人，南成為她原本憎恨的病能者。

接著又因為變成了病能者而失去一條左腿。

這麼悲慘的遭遇，足以讓任何人崩潰，但南彷彿完全不在意這些。

她的表情非常平靜——宛若這一年的時光沒在她身上留下任何痕跡。

這份心意的形式雖然不同，但不知為何讓我想起了季雨冬。

她們都是為了站在某人身旁，下定決心獻出一切的存在。

「所以，很抱歉。」南向我微微低下頭。

「為什麼妳要跟我道歉……？」

「你也看得出來吧，現在的季秋人非常不穩定。」

「嗯。」

「要是拿掉對你的恨，他甚至連怎麼活下去都不知道。」南緊緊握住手中的拐杖，「所以，若是不跟著他一起恨你，他就真的會變成孤單一人了。」

「……」

原來如此，難怪即使南說她不恨我，但在之前那場戰鬥，她仍使出了全力。

她不是為了恨我而殺我，她是為了成為季秋人的夥伴而想殺掉我。

她只是——想要以同樣的身分站在季秋人身旁。

「我不恨你，但在季秋人身邊時，我必須以敵人的身分對待你，我無法對你手下留情。」

「嗯……」

「不過，在他不知情的狀況下，我就是你的夥伴。」南的聲音低了下來：「我會盡可能在暗中留下你的命。說來慚愧，我這麼做，並不是為了你著想。」

「妳是為了讓季秋人有個憎恨的目標——有個活下去的動力，是嗎？」

「是的……所以剛剛在咖啡廳時，我才趁季秋人不注意，將你們救了出來，藏在這邊。」

「事情的來龍去脈我明白了……但為何是將我們藏在『設施』中？」

「因為，這是季秋人絕對想不到的地方。」南指著天花板說道：「他絕對想不到，被院長放出來的你們，又重回這個『設施』。」

「嗯……」

真是聰明，看樣子就如外表給人的感覺，南是個腦袋非常清楚的人。

「但我不保證他幾時會發現你們藏在這，要是他來到這邊，我轉眼就會變成你們的敵人。」可能是因為歉疚吧，南低下了頭。

看著她這副模樣，我拍著胸膛說道：「沒關係的，南。」

「——咦？」

聽到我這麼說，南驚訝地抬起頭來看著我。

「別看我這樣，我可沒那麼容易就死掉喔。」我對她笑道：「儘管來吧，就算是妳和季秋人的組合，我也不會輕易認輸的。」

「嗯……謝謝你，季武先生。」南拄著拐杖站起身來，向我微微欠了欠身子，「我知道我沒資格跟你道謝，但還是請你收下我的謝意。」

「別這麼一本正經。」

我才想跟妳道謝呢。

季秋人明明擁有「家人製造」的病能，卻一個家人都沒有。

被仇恨蒙蔽雙眼的他，在季曇春之後，又有另一個人願意陪伴在他身旁。

我不由得期待——期待哪天他能發現這件事。

這次，希望他別再錯過自己重要的事物。

「那麼，季武先生。」

南向我伸出雙手，包裹住我的右手。

像是祈求一般，她將我們交握的手拉到臉前說道：

「希望之後的日子，你都不會被我殺死。」

這大概是這世上最奇怪的祈禱了——殺人者對被殺者的祈禱。

但我知道，南是飽含心意說出這句話的。

若是能的話，她是多麼不想這麼做。但是為了她身邊的人，她只能選擇在他面前恨我。

「放心吧，南。」為了不讓南太過擔憂，也是為了安慰她，我說道：「就算我真的撐不住也沒關係，到那時，我身邊的人會來幫助我的。」

「季武先生身邊的人……是嗎？」

聽到我這麼說，不知為何南稍稍皺了皺眉頭。

「是的，我有許多好夥伴，季雨冬、葉柔、葉藏──」

「季武先生。」南突然打斷我的話，以嚴肅無比的態度向我說道：「在此我想給你一個忠告。」

「嗯？」

「最好不要將葉藏小姐視為夥伴。」

「……為什麼？」

「她的實力不足，跟在你身邊，反而會讓你身陷危險。」

「南妳是在說笑吧。」沒有理解南話中意思的我笑道：「葉藏就算不用病能，也是強得不像話喔。」

「不，我不是指她的武力不足。」南搖了搖頭，「她的『心』不夠堅強。」

「心？」

「她沒有自己的理念，總是輕易地就跟著外在的事態隨波逐流，毫無防備的被利用。」南舉起拐杖指著我說道：「你仔細想想，自從她跟著你以後，你遇到多少次性命危機？」

「那只是單純運氣不好——」

「不是的。」南斷然否定我的話。

「若你今天身邊是葉柔小姐或雨冬小姐，那你在剛剛的咖啡廳和黑道豪宅中，根本就不會遇險。」

「……」我沉默下來。

不知為何，我無法否定南的話。

「仔細回想看看吧，自從你遇到她後，她幾時派上用場？」

南的話語就像她的狙擊，毫不留情。

「她——太軟弱了。」南收起拐杖說道：「要是繼續這樣下去，你最有可能迎來的結局，將不是因保護雨冬小姐而死，也不是被季秋人所殺，更不是被院長和晴夏小姐利用而力竭——

「你會因葉藏而死。」

南以她澄澈又透明的雙眼看著我。

「我再說一次，季武先生，你會因葉藏而死——」

南的話語突然中斷了。

——嗡嗡嗡嗡嗡！

刺耳的警報聲，突然迴盪在「設施」中。

「院長的『本體』遭遇危機！院長的『本體』遭遇危機！院長的『本體』遭遇危機！」

我和南同時展開二感共鳴強化肉體，往房間外衝去！

「雖然不知道是誰在動院長的『本體』，但是快阻止他！」

南在我身旁如此說道，一向冷靜的臉龐難得露出緊張。

「咦……？我以為妳和季秋人才是想要毀掉『本體』的人。」

「本來我們是想這麼做的，因為只要院長存在，『和』的警備就萬無一失，會妨礙季秋人殺掉你的計畫。」

「那妳為何現在又要我守護她？」

「因為我和季秋人在多方探聽情報後，發現了院長的『本體』，是『絕對不能摧毀的事物』。」

「絕對不能摧毀？」

不是「無法摧毀」？而是「不能摧毀」？

「季武先生不覺得奇怪嗎？這麼重要的事物，竟就這樣幾乎毫無防備地擺在那邊？周遭一個看守的人都沒有？」

「確實……」

我回想之前看到院長「本體」時的情景，那時，整個「設施」空空蕩蕩的。

「靠著你手上的黑色手環，我、葉藏、科塔這些無關人士也能進來這個『設施』。不管從哪方面想，這個防護等級都太低了吧？」

「沒錯……妳說得沒錯。」

之前被院長的話語牽著走，我竟連這麼簡單的疑點都沒發現。

「院長之所以毫無防備，是因為她肯定沒人可以殺掉她的『本體』。」

我和南之間的距離越拉越開，我不由得停下腳步等待她。

雖然我們用了同樣的病能，但因為她左腳是義肢，必須靠拐杖替代跑步的動作，所以速度還是因此被拖慢。

「之所以無法摧毀，是因為裝著『本體』的培養槽很堅固的關係嗎？」

「不，並不是『物理』上的無法摧毀，而是『心理』的無法摧毀。」

「『心理』？是因為有什麼病能守護嗎？那只要靠『感官共鳴』突破——」

「並不是這樣的！」南著急地大喊：「這座城市是院長一手打造，所以——

「——她的『本體』就是『和』的核心啊！」

「核……心？」

「院長的『本體』是這座城市的一部分，她就是核心，也是『和』的中樞電腦。」

隱隱約約的，我知道了南想說什麼。

於是，一股寒意漸漸攀附我的背。

「一旦毀掉她的『本體』，院長就會跟著死亡，那失去動力來源的『和』會變成怎樣？」

會停止運作——不管是警備、生活設備、醫療設施都會停止。

而且，甚至有可能——

「甚至有可能會墜毀啊！」

這麼大質量的天空之島……墜落到地面？

我的腦中浮現那時的慘狀——

就像是墮入冰窖，我不由得顫抖起來。

「也就是說……生活在『和』中的二十萬人，就是院長『本體』最為堅固的防護？」

「應該說是人質。」南面色沉重的說：「而且，若是『和』墜落到地面，那死傷的人數一定遠超過二十萬人。

「——只要『殺掉弱點』，現在的院長就會完全消失喔。」

院長之前說過的話迴響在我腦中。

這次的她，依然用實話在說謊。

她沒有說出最關鍵的話。

如果我們殺掉「本體」，不只她會消失，就連我們都會跟著一起陪葬啊！

「等一下！若是如此，這不就表示、不就表示……」我用手按住冰冷至極的額頭，緩緩說道：「若要殺掉院長——

「必須也要同時擁有殺死數十萬人的覺悟嗎？」

「是的，就是這樣。」

南肯定了我的疑問。

「——只要你接受了這個交易，你就能隨時殺掉我的『本體』。」

就連這句話，都是由實話構成的謊言。

不可能有人下得了手的。

根本就不可能有人殺得了背負二十萬性命的存在吧!?

一時之間，就像是陷入死局，我們兩人同時停止了動作和言語。

——嗡嗡嗡嗡嗡！

警報聲越來越急，喚醒了我們。

「第二防護系統啟動，排除入侵者。第二防護系統啟動，排除入侵者。」

整個「設施」中，又一次傳來讓人感覺十分不妙的指令。

就在下一刻——

啪！

走廊上的無數白色房門同時打開！

大量雙眼空洞的人緩緩走了出來，包圍住我和南。

「你們是什麼人！」

面對我的質疑，這些人沉默以對——不對，他們根本就沒有自己的意識。

雙眼雖然緊盯著我們，但感覺起來，他們根本沒有將我們留在認知中。

「驅逐……入侵者……」

毫無抑揚頓挫的呆板聲音，自他們嘴中流瀉出來。

這些人有男有女、有老有少，清一色穿著醫院病患會穿的藍色病袍。

他們的左臉上，雖然有著代表病能的蝴蝶印記，可是不知為何，印記卻缺了一隻翅膀。

「這些人……是病能者嗎？不對……應該問，這些人是人類嗎？」

我之所以有這樣的疑惑，是因為這些人的模樣十分奇怪。

骨瘦如柴的身軀、蹣跚的腳步。

微張著嘴的他們，嘴角淌下口水。

那副呆滯的表情，就像是被強制拔除了思考能力。

「就像是……殭屍……」我身旁的南遲疑道。

沒錯，這些人給人的感覺，就像是喪屍一般。

行動緩慢的他們，看起來不像具備什麼危險性。

但是，我的本能卻不斷大聲警告，告訴我這些人很危險。

「沒時間被這些人拖住了！」南從風衣中取出手槍，「要是再不阻止想要殺掉院長『本體』的人，我們全都要死在這邊！」

——砰！

眼睛變成二的南朝前方開了十槍，每一槍都精準地命中這些敵人的額頭！

因為射擊速度過快，槍聲聽起來就像是只有一聲。

瞬間就開了十槍！這人也太不留情了！

「趁我清出一條路時，我們趕緊衝出去——咦？」

——南愣住了。

因為眼前的發展完全出乎她的意料。

路沒有清出來，中彈的人沒有倒下去。

而且——

「痛……好痛……」

他們一邊這麼說，一邊朝我們走來。

——額頭上，竟連彈孔都沒有。

「這……怎麼可能？」

不死心的南再度開了幾槍！

「痛痛痛痛痛痛痛痛————！」中彈的喪屍發出咆哮。

但不管子彈打在哪邊，這些子彈都只在一開始時有開出一個洞。接著，就像是被他們的身體吞沒一般，彈孔瞬間弭平，傷口也跟著消失。

「……怎麼會？我明明打中他們啦。」

不可置信的南檢查手上的槍，確定武器沒有任何問題。

這些人不只行動像喪屍，就連不死的特性都有嗎？

「驅除……入侵者……」

喪屍拖著腳步，逐漸向我們靠攏。

在此危急情況下，我的腦袋不斷高速運轉。

這種不合理的景狀，一定是某種病能造成的。

「南，就算沒有用也持續開槍，製造緩衝的時間給我！」

「收到！」

因為是同樣的病能者，南馬上就明白了我想做什麼。

趁著南掩護我的時間，我發動三感共鳴，努力解析這些喪屍身上的神祕現象。但是，數量過於龐大的「某種病能」罩住整個設施，讓我一時之間無法辨別那是什麼。

我感覺自己就像是身在茫茫大海的人，根本不知道方向何在。

於是，我努力地延展自己的知覺，想要脫離「某種病能」的影響範疇。

只要解開它，我們就能逆轉這場戰局。

——砰！

南不斷朝這些喪屍的大腿處開槍。發揮她那精準到可怕的射擊，她讓彈孔彼此間的距離只有零點幾公分。

這些高密度的彈孔連結起來，變成了一條線！

——啪！

喪屍的左腿應聲斷裂！

但這只是稍稍拖了一下他們的腳步。

「痛啊啊啊啊啊啊——！」

喪屍大吼，不過一瞬間，他斷掉的腿竟憑空長出！

「嘖……這樣也沒用嗎？」南不悅地咂舌。

不對，這是有用的。

南的攻擊，讓我看到解決問題的曙光。

那個喪屍雖然長出了新的腿，但他斷掉的左腿並沒消失。

那條斷掉的腿落在地上，而那個喪屍行走的模樣也開始失去平衡。

掌握到關鍵後，我將感知集中在南曾經製造的傷口處，很快就明白是怎麼回事。

「是『幻肢』！」

我朝南大喊：

「他們身上的病能，是『幻肢』這個疾病所延伸出來的——『幻痛再生』。」

永遠無法治癒的痛楚是什麼？

或許針對這問題，有人會回答喪親之痛或是失戀之痛等答案。

但是在現實中，確實有一種絕對無法治癒的疼痛。

「幻肢」——一種從失去肢體中延伸出來的認知疾病。

會罹患這種疾病的人，通常是經歷重大意外或是大手術之後，喪失一部分肢體的人。

比方說，某人在車禍後失去了左腳。

他沒有左腳，那麼當然不可能會覺得左小腿或左大腿之類的地方疼痛吧？

然而，若他是「幻肢」病患，他就會感受到這股疼痛——從已經消失的左腿傳來的疼痛。

之所以會產生這種現象，是因為大腦無法適應這麼劇烈的變化。

雖然身體已被切除一部分，大腦卻誤會它「仍然存在」。

於是這些已經消失的肢體，會不斷對大腦傳來疼痛的訊號，提醒主人「其實它應該要存在」。

永遠不會消失的疼痛——宛若幻覺一般的肢體，這就是幻肢。

「他們不是復原能力高超，也不是可以讓我們的攻擊無效！」

我指著那些喪屍——不，或許應該稱他們為「幻肢殭屍」。

「南妳的攻擊確實命中他們了，可是靠著『幻痛再生』，他們用認知將失去的部位再生了。」

因為有了失去的疼痛，才能靠著這股疼痛再生。

「原來如此，就像是打了強烈的幻覺劑嗎……明明腳斷掉了，大腦卻告訴他們沒斷掉；明明頭穿孔了，大腦卻告訴他們頭依然完好。」

罩住我們這邊所有人的，就是這種彷彿幻覺一般的認知麻藥。

斷掉的腳不是再生，它切切實實地斷在了地上。但是「幻痛再生」的病能，將左腳完好的錯覺呈現在我們面前。

「現實中的他們依然是有受傷的！他們只是靠著認知麻痺自己，短暫地延長自己的生命！」

就像是要印證我的推測，最一開始額頭中彈的幻肢殭屍倒了下去。

靠著錯覺撐著的身體是有極限的，活動那麼久後，他們的生命終於耗盡。

「痛——好痛！」

其他幻肢殭屍嘶啞地大喊，朝我們包圍過來。

雖然看穿了病能為何，我們的處境仍沒太大改變。

就算是打到要害，這些人仍不會倒下；就算頭和心臟被子彈貫穿，這些人仍能靠著幻覺強制活動一段時間！

喪屍之所以麻煩，並不是他的戰鬥力高超，而是因為他怎麼打都打不死啊！

「既然如此——」南目光一閃，扔開拐杖，空出雙手的她，全心全意地備戰。

她敞開黑色風衣，在風衣的內側中，裝著讓人看了眼花撩亂的各式槍種。

手槍、步槍、機槍、霰彈槍、狙擊槍、轉輪手槍、微型手槍——

「三感共鳴！」

南身上再度散發出熟悉的刺骨寒意！

就像是暴風雪一般，南以幾乎看不清的速度不斷抓取風衣內的槍，無數火花和槍聲在她身旁響起，高密度的射擊打斷了這些幻肢殭屍的脖子，讓他們倒在地上！

雖然「幻痛再生」的幻覺馬上填補了這個傷口，讓幻肢殭屍長出了新的頭，但是躺在地上的幻肢殭屍就像是死了一般，一動也不動。

「原來如此——」

只要切斷頭，大腦就無法對身體下指令，就算是再怎樣強烈的幻覺，都無法使他們繼續活動。

雖然數量很多，但只要掌握了訣竅，我們就不會輸。

我將左手的骨頭硬化，準備和南一同殺光這些幻肢殭屍——

——嗡嗡嗡嗡嗡嗡嗡！

刺耳的警報聲響起，讓我前行的身形為之一頓。

「別管我了！季武先生！」南一邊開槍一邊大喊：「快去阻止那個要殺掉『本體』的蠢蛋！」

「……我知道了。」

被幻肢殭屍干擾，我差點忘了此時最重要的事是什麼。

「四感共鳴！」

隨著南這麼一喊，如大雨一般的子彈落到我的身後。黑色子彈連了起來，化作一把又一把的黑色小刀，砍下這些幻肢殭屍的頭。

緊密的人群，登時開了一條路出來！

再也沒有人可以阻礙我，我轉過身去，就要奔向存放院長「本體」的房間——

——**季曇春擋在我的面前**。

「咦……？」

彷彿鬼魅一般，她就這樣突然現身擋在了路中央，朝我微笑。

為什麼……？

這到底是現實還是幻覺？

這棟「設施」到底是什麼東西？

為什麼周遭突然安靜了下來？就像是所有雜音都被她吸收似的？

我的眼角餘光看到了身旁朝我靠近的幻肢殭屍。

不對，敵人和槍聲都還是存在的，是我太過於專心看著季曇春了。

她的出現，讓我將所有心神放到她身上，一瞬間忽略了其他事物。

——好想跟她說話。

——好想跟她道歉。

——好想跟她道謝。

即使是刺耳無比的警報聲也沒有喚醒我，我呆立在原地，不斷浪費寶貴的時間。

此時——

「公主……殿下？」

南震驚無比的聲音從身後傳來。

「妳怎麼會在這邊——不對……這不可能……」

——南也看得到這個幻覺？

我回過頭去望向南，從她驚訝的表情確認到了這個事實。

當我們目光相接後——

「公主殿下已經死了。」

南以堅定的語氣向我如此說道。

她理應是為季曇春奉獻最多的人，也是最希望和她再見一面的人。

然而，或許就是因為如此。

她才能向我這麼斷言。

「我永遠忘不了她被你殺死的那天。」

「……」

「就是因為人死不能復生，我和季秋人這一年才過得如此痛苦，所以——」

南舉起槍來，對準了我！

「那個人絕對不是公主殿下！絕對不是！」

——砰！

南的子彈劃過我的臉頰，吃痛的我猛然省悟！

「快走！」

「那妳——」

「我會自己逃出去！」南一邊開槍一邊大喊：「還不快走——！」

被南的話驅趕，我朝著季曇春衝去，伸出手將路徑上的她推開！

……真的好溫暖啊。

就像是真的季曇春死而復生。

但是——

「現在的我，不能被過去的幽靈纏住！」

我必須向未來前行！

就在我整個身體撞上去的那刻，季曇春煙消雲散，眼前瞬間開闊起來！

這次，是真的再也沒有任何事物阻撓我了。

我以最快速度，跑向院長「本體」所在的房間！

病能

幻痛再生

病能領域

？

源頭：幻肢（Phantom Limb）

早在十六世紀時，就有關於幻肢的病史記載，算是十分廣為人知的疾病。

幻肢這疾病正如其名，疼痛會從虛幻的肢體產生，讓患者不適，例如斷掉左手的人，可以從不存在的左手中感受到劇痛。

這種病通常發生在截肢患者上，而且比例很高，有近五至八成的截肢患者有幻肢疼痛的現象。不過這邊值得注意的是，並不是只有失去四肢會產生幻肢疼痛，失去乳房、牙齒、眼睛甚至是盲腸都有可能產生此現象。

之所以會產生這症狀，得先談談我們感受外頭刺激的簡單流程。

我們透過五官、皮膚等受器感受外在刺激，這些刺激會變成電子訊號，透過化學反應傳送到大腦，等到激活大腦後，就會產生我們一般所說的甜、苦、亮等等的感覺了。這流程其實可以比喻成電腦，我們靠鍵盤（受器）輸入指令，然後傳到主機（大腦）。

幻肢的產生，來自於大腦的不斷激活。

該受器已不存在，理應不會有刺激傳來，但是失去原本應該有的器官，大腦一時之間無法適應這麼劇烈的轉變。

「它應該還在那邊」、「它沒有失去功能」。

大腦持續保持活化狀態，並以疼痛提醒患者，才產生了所謂的幻肢疼痛現象。

Chapter 5
斷定他人為邪惡

「小武。」

也不知道是剛剛目睹季曇春的關係，還是我真的看到了人生走馬燈。

在往「本體」奔跑的過程中，我竟憶起了之前與季晴夏的一段對話。

「你認為怎樣算是好人，怎樣算是壞人呢？」

「晴姊，這個問題太空泛了吧……」

「是吧。」季晴夏不知為何點頭贊同我的話：「就是因為太過空泛，所以才難以評斷。比方說吧，有一個領導人，他救了一百人，但是殺了一千人，那我們可以說這人是壞人嗎？」

「若以一般世俗的觀點來看，這人或許是壞人。」

「但若我說他殺的一千人，是侵略他們國家的一千人呢？」

「嗯……這個嘛……那他好像又不是那麼壞……」

「如果他殺的一千人中，恰巧有能拯救一萬人的大英雄呢？」

「嗚、呃……」

我抱著頭，總覺得價值觀開始混亂。

看到我這模樣，季晴夏單手扠著腰，露出笑容說道：

「我覺得呢……這世上很難有絕對的善與惡，也沒有絕對的對與錯。」

「那我們要怎麼判斷誰是壞人、誰是好人呢？」

「無法判斷。」

季晴夏的斷然回答，讓我傻愣在當場。

「對某些人來說是善人的存在，說不定對某些人就是大惡人，反之亦然。」

「嗯。」

「比方說吧，在你和雨冬心中，我一定是好人吧？但是在其他人眼中，我是怎生模樣呢？或許我就像是怪物也不一定。」

「怎麼會……晴姊怎麼可能會變那樣。」

「誰知道呢？」

眼神彷彿在遙望彼方，季晴夏笑道：

「若全天下的人都懼怕我，那你們還能覺得我是好人嗎？」

回想起來，這時的季晴夏會這麼說，是因為她早就擬定了犧牲病能者拯救人類的計畫，但此時的我全然不知。

若要我評斷那時的我是善還是惡，我想我會給出「惡」的答覆。

因為無知也是惡。

我什麼都沒思考，只是單純的崇敬季晴夏，自以為是地覺得她無所不能。

殊不知她的無所不能，正是她痛苦的源頭——不，應該說她連痛苦的資格都沒有。

她只能帶著自信的微笑，不斷往前行。

「小武，終有一天，你會遇到必須評斷何為『善』、何為『惡』的緊要關頭。」

「那麼，那時，我該怎麼辦呢？」

既然沒有絕對的對和錯，那麼我又該怎麼選擇？

「請你在事前做出覺悟。」

「覺悟？」

「是的，覺悟，而且是很深很深的覺悟。」

季晴夏一字一頓地說：

「當你斷定某些人為善時，你就同時決定了其他人為惡。」

「……」

「當你選擇了一人為善時，你就斷定了與那人為敵的千人為惡。」

「嗯……」

這是多麼沉重的抉擇啊。難怪晴姊會要我做好覺悟。

「所以，小武，請你記住。」

季晴夏手撫著胸，像是在對我說——也像是對她自己說道：

「當你決定了何為正確時，請你擁有指責其他人為錯誤的勇氣。

「擁有斷定他人為邪惡的勇氣——這就是僅屬於你的絕對正確。」

「到了！」

氣喘吁吁的我，終於來到放置院長「本體」的那扇黑色門扉前方。

一路上被許多幻肢殭屍阻礙，拖慢了我不少時間。

但警報聲依然沒停，整個設施與「和」也沒崩毀。

所以，還來得及！

只要打開門，然後阻止那個想要殺掉院長「本體」的傢伙就好。

雖然不知道對方是誰，但我猜想極有可能是季秋人。

為了殺掉我，他可以做出任何事。所以藉著毀掉本體，讓全部人跟著我一起死，也像是他有可能做得出來的事情。

這輩子，我還沒遇到晴姊所說的緊要關頭。

就算是在殺掉季曇春前，我也因為過於緊急，連思考的時間都沒有。

斷定他人為邪惡的痛苦抉擇，至今我還沒做過。

但是，現在的狀況，根本就沒有任何猶豫的空間。

要幾十萬人與院長陪葬，這個行為無疑的是錯誤——是邪惡。

我打開了門！

然後——愣在當場。

因為，我看到了站在院長「本體」前方的人是誰。

她一向表情不多的面容微微扭曲，雙手像是在忍耐什麼痛苦似的緊握刀子。

「——你會因葉藏而死。」

南曾說過的話，不知為何在此時迴響於腦中。

站在培養槽前、那個要殺掉院長的惡人——正是葉藏。

「等一下！葉藏！」我趕緊大喊：「別輕舉妄動！」

「……」

葉藏回頭看了我一眼，雖然她看到了我，但表情和動作並沒有任何改變。

她依然高舉著刀站在培養槽前，像是想要將院長一刀劈碎的模樣。

「葉藏！要是妳殺了『本體』，這座城市說不定會墜落啊！」

「我知道……」

葉藏咬著牙，聲音彷彿是從她的牙縫中擠出來般低沉。

「就算我知道這件事，我也要殺了院長！」

為什麼會變成這樣？我本來以為是因為葉藏不知道詳情，在看到院長「本體」後忍不住想要動手，但現在看來並非如此。

從她身上散發的殺氣是真的，我從沒在她身上看過這麼沉重的殺意。

看來，只要稍微給她一點刺激，她就會將刀揮下。

我環顧四周，想要找出將她變成這樣的原因——

「……」

結果我看到科塔在葉藏身後，小小的雙手高舉，學著葉藏舉刀的模樣。

可能是舉累了吧？她放下手甩了甩，再度舉起來。

這畫面要是平常看到應該會覺得很溫馨吧，但現在不是被小孩子的天真無邪吸引目光的時候。

「葉藏，冷靜點！」

「我很冷靜！」

「不，妳一點都不冷靜！」

仔細一看，會發現她握著刀的雙手微微顫抖，兩眼也因為過於激動而含著淚。

「我很冷靜，我是母親大人的女兒，所以我要負起責任，殺了她。」

葉藏的身子不斷顫抖，刀尖碰到培養槽，發出「喀喀喀」的聲響。

「這事……這事只有我做得到。」

「妳到底怎麼了？這不像妳會做的事啊！」

葉藏雖然腦袋不太變通，但她很少情緒這麼激動。

逼不得已的我，只好閉著眼睛大喊：

「而且——妳的母親早就死了！」

聽到這句話，葉藏的身體一震。

「既然已經死了，眼前的她就不是妳的母親！妳也不用負起責任殺掉她！」

雖然再度揭起她的瘡疤是件很殘忍的事，但現在已顧不得這些事了！

「妳和葉柔在家族之島時，不是已經斬斷了這段因緣嗎？」

我指著培養槽的「本體」大聲說道：「看清楚，那不過是個屍體而已，我再說一次——妳的母親已經死了，不存在於這世上任何地方。」

「我知道、你說的一切我都知道……」葉藏聲音嘶啞地說：「但是看著院長用我母親大人的模樣作惡，我仍感到心痛欲絕。」

「妳到底在說什麼？為什麼會突然變成這樣？這些日子以來，院長不是一直都在這麼做嗎？妳不是做好覺悟了嗎？」

善惡難測的她，一直以她的設定和影像擾亂世界。

這兩年來，我們一行四人行走各地，看到的都是院長製造的混亂。

——院長是終有一天必須鏟除的對象。

我以為葉藏和葉柔早已對此做出相應的覺悟，但其實是我錯了嗎？

葉藏一直將對院長的哀痛藏在心中，然後在看到「本體」時一口氣爆發，是這樣嗎？

「並不是這樣的……主人。」葉藏以虛弱無比的聲音說道：「我本來也以為自己做好了覺悟，但就在我看到白色房間中的事物時，我的覺悟就這樣輕易崩毀了……」

「白色房間中的事物？」

不就是裝著無數幻肢殭屍嗎？

「你難道不覺得奇怪嗎？為何要將這些幻肢殭屍小心翼翼地放在房間中？」

「為了應付可能的襲擊者——」

話在說出口的瞬間，我就感到不對勁。

因為這樣的數量似乎太過龐大。

依院長的能耐，明明應該可以用更多有效的方法進行守備的，例如利用高性能的病能武器，或是使用數量較少的強大病能者。

「主人，這座『和』中有著大量依靠病能做為動力驅動的機械，難道你都沒有發現一個不合理的地方？」

「什麼不合理？」

「這裡的二十萬居民，不都是普通人嗎？」

葉藏以悲痛至極的眼神看著我，提出詰問：

「那麼，那些當作動力的『病能』，又是從何而來？」

「————！」

就像被雷劈到，我呆立當場。

我怎麼完全沒想到！

真的是太愚蠢了，我竟連這麼淺顯的異狀都沒發現！

這裡生活的人如此之多，不管是大眾工具還是家電都用了病能當作能源。

就算現在已能把病能儲存在電池一般的特殊容器中，但這麼大量的病能究竟是從何而來？

我的腦袋不斷運轉。

白色房間、骨瘦如柴且毫無自我意志的幻肢殭屍，以及此時充斥在「和」的大量病能能源。

所有線索連在一起，最後停在我們的身處之處。

——名為「設施」，位於市中心的古怪地底建築。

「原來是這樣嗎……」

這裡的「設施」，其實是「發電設施」的簡稱嗎？

「院長她、她竟然做出了如此殘酷的事——」

當意識到這個真相的可怕後，我感到胃一陣糾結，差點就要吐出來！

這裡的幻肢殭屍，並不是用來守護「本體」的。

——它是用來產生能源的！

就跟黑道豪宅中的科塔一樣。

院長拚命從他們身上榨取能源，再提供給居住在「和」中的人使用。

我所看到的人類理想鄉，其實正是由病能者做為基礎所建立的。

藉由毀了少數人，院長製造了大多數人的幸福。

「主人……」

葉藏以幾乎要崩潰的表情向我問道：

「當知道這樣的真相後，我究竟該怎麼辦才好？」

「……」

「告訴我好嗎？當看到與自己母親相似無比的人做出這樣的事情時，我究竟該如何是好？」

「她——太軟弱了。」

不，南。

我握緊雙拳。

並不是她太軟弱。

葉藏是太溫柔了。

她把現在的院長當作一個人看待，也把她與自己死去的母親進行連結。

但她可以不要這麼做的。

這麼痛苦的真相，連我這個旁觀者都幾乎要承受不住，更何況是身為當事人的她。

她大可以一走了之，將這些拋在身後不理會。

但是她選擇背負了這一切，好好面對眼前的院長。

回頭一想，她不也是為了不讓葉柔知道弄瞎她雙眼的是院長，才拚命壓抑想見她的慾望，整整兩年不和她碰面、說話嗎？

雖然做法確實不聰明，但也因為這樣才像是她。

葉藏所擁有的，就是這麼笨拙的溫柔。

「『鏟除罪惡』——教導我這個觀念的人，正是我的母親大人。」

兩行淚水從葉藏眼眶滑落。

「但、但……也正是這樣的母親大人，做出了我絕對不能容忍的事情。」

豆大的淚珠，不斷地從葉藏眼中滾出。

「主人……如果是你，你會怎麼做呢？」滿臉淚痕的葉藏看著我問道：「若是今天……你看到和雨冬一樣的人做出這種事，你會——？」

「……」我沉默了下來。

若今天有一個和雨冬一樣的人，做出這樣的行為……？

——我的腦中一瞬間閃過季晴夏的臉龐。

為了自己的目的，季晴夏的計畫犧牲了無數人。

其實，我跟葉藏並沒有不同吧？

她面臨的問題，也正是我所面臨的困境。

只是一直以來，我始終下意識逃避，沒有深入思考。

看著葉藏痛苦的表情，我終於明白了——

我終於來到了晴姊所說的，善與惡的抉擇點。

「我會、我會——」

如果季晴夏在我面前殺了幾萬人，我究竟會——？

我看了看葉藏，也看了看她身前的院長。

晴姊的笑顏在我腦中出現。

「——擁有斷定他人為邪惡的勇氣。」

晴姊的話，塗黑了她自己的笑容。

我終於明白她為何要跟我說那段話。

她其實是希望我斷定她是邪惡的吧？

被我所憎恨，那不管是對她還是對我而言，都是一件再輕鬆不過的事。

因為，這樣我們就能捨棄過往的感情，只要單純地互相殘殺就好。

所以，她才在「祕密之堡」安排了季曇春讓我殺害。

她希望我恨她。

但是，我真要這麼做嗎？

若我回答了葉藏的問題，若我斷定了晴姊是邪惡，那下次見面，我就必須殺了晴姊——

——雨冬悲傷的面孔出現在我心中。

「我不會殺了她！」

我大聲回答葉藏：

「就算和雨冬長得一樣的人做出極惡之事，我也不會殺了她。」

「……為什麼呢？」

「因為，有人會因此傷心，有人的願望會因此破滅。」

若我做出這樣的事，那才是最惡、極惡的行為。

「即使將她留下來，會死盡無數的人？」

「是的，即使是如此，我也不會殺了她。」

「——擁有斷定他人為邪惡的勇氣。」

「我就是這麼錯誤、軟弱的一個人！」

拉扯到心中的某個柔軟部分，我以嘶啞無比的聲音喊道：

「但成為這樣的邪惡，就是我的正確！」

這兩年來，我到處拯救需要救助的人。

我曾誤以為我或許是正義之士——是正確的人。

但今天終於明白，我根本就不是。

為了雨冬的祈望，我願意成為任何模樣。

即使晴姊殺再多人、做再多惡事，我也會將她當成我和雨冬的姊姊敬愛她。

原來我一直是膽小鬼。

因為我從沒用足夠的勇氣，來斷定自己是邪惡。

「謝謝你，主人……你讓我找到了答案。」葉藏虛弱地說：「為了重要的人，那即使成為極惡之人……那也沒關係吧？」

她高舉刀子——

要是她殺了「本體」讓院長消失，這座城市的二十萬人都會死去。

「我不想讓葉柔看到這一切，我想在她來到這座城市前，結束這一切——即使我必須殺掉這麼多人。」

「——你會因葉藏而死。」

就算動用武力，我也該阻止葉藏。

但是，當我看到她的表情時，我猶豫了。

葉藏做出了覺悟——和我相同的覺悟。

為了斬斷所愛之人的幻影，她將自己變成了她最為痛恨的邪惡。

她都踐踏自己到這種地步，我又憑什麼阻止她？

「即使只是虛幻的影像，但是、但是我……」

看起來疲憊不堪的葉藏閉上眼，揮刀——

「我實在不想再看到自己的母親是這副模樣……」

就在我猶豫的零點幾秒瞬間，一切都結束了。

揮動刀子的葉藏砍斷了培養槽，也將裡頭的院長本體一分為二。

這次，並非經由任何人。

而是由葉藏本人親手殺了自己的母親。

——啪！

就像是關了燈，黑暗吞噬了整座「和」！讓人什麼都看不見！

Chapter 6 院長之死

「葉藏真是個善良的孩子，對吧？」

在一間和室中，院長突然正坐在我面前。

看著眼前的院長，我有些混亂。

我不斷運轉腦袋的記憶——

在院長「本體」死掉後，整個「和」陷入了停電和無止盡的黑暗中。

不知為何，本以為會墜落的「和」並沒墜毀，依然浮在半空中。

我抱著昏倒的葉藏和科塔逃出「設施」，暫時住進了一間旅館中。

就在我安置好她們兩人，暫時鬆一口氣時——

我突然來到了這個地方。

「這裡是……？」

「這裡是你的意識，我透過黑色手環入侵你的頭腦，創造了這個空間。」

「嗯……」

「別擔心，我這次並不是來害你的。」

看著院長的笑容，我隱隱約約知道她是來做什麼的。

「季武。」

「嗯。」

「我是來跟你道別的。」

說出我心中猜測的院長三指著地，朝我伏下身行了一禮。

「……妳真的要消失了嗎？」

「我不能說謊，就如我一直以來堅稱的，我說的每一句都是實話。」

抬起頭來的院長，對我微笑道：

「我不是說了嗎？『只要將本體殺掉，現在的院長就會消失喔』。」

「我本來以為……妳又在玩弄什麼詭計，或是用實話說謊。」

我沒想到，她竟然會這麼輕易地消失。

「在我死後，『和』會逐漸喪失動力及能源。它雖遲早會墜落，但儲存的能源還可以讓它撐一段時間，我想想……大概可以再維持七天吧？」

真是古怪，此時心中浮現的——這股彷彿疼痛的感覺是怎麼回事？

「我會在這段期間將『和』移到海上，努力讓它墜毀造成的傷害降到最低。」

看著院長的笑容，我捂住胸口。

這些日子來，多少人因她而死，就連我都因為她吃了不少苦頭，無數次徘徊在生死邊緣。

但是，等到她真的要消失時，為何我會感到如此不捨？

「其實，我本來就不覺得季武你能殺掉我。」院長用和服衣袖輕掩嘴角，笑道：「跟你說『本體』在哪，其實是為了哪一天，你身旁的葉藏能發現這件事，然後殺掉我。」

「……妳早就料到會有這樣的發展了嗎？」

「是的。」院長輕輕點了點頭，「不像葉柔在家族之島就將心情整理好，葉藏是個比誰都還善良、笨拙的孩子，其實我早就發現了，在她內心深處，她還是把我當作母親看待。」

「嗯……」

「真是傻瓜……不是嗎？就算外觀如此相似，就算思考和行事作風相同，但我和她的母親，依然是不同的存在。」

「但是，妳似乎不討厭被她看作母親？」

「是的。」院長露出溫柔的笑容，「能被她這樣看待，我很開心。」

「……」

那個耀眼的笑容，讓我看傻了眼，一時之間不知該說什麼好。

「她的溫柔誕生了痛苦，然後又因為這痛苦想要殺掉我，最後又因為殺掉我的緣故而產生更深的痛苦。」

「痛苦的輪迴嗎……」

「季武，我必須拜託你。」

「嗯？」

「別讓葉藏因為這份痛苦而死去——即使是自殺也不要。」

「……」

我感到非常驚訝。

是因為是最後的關係嗎？

總覺得此時的院長與其說是世界和平的執念——

——不如說更像是一位母親。

「若不是她將我視為重要的母親，她又怎麼會背負痛苦到這個地步呢？」院長再度以和服袖子掩嘴笑道：「即使將自己變成極惡也想殺掉我。在最後能被有這樣覺悟的葉藏殺掉，我很滿足。所以我才希望，她不要因這份痛苦而死。」

「我明白了……」我點點頭，接下了院長最後的託付。

「謝謝你，季武，只要邁過這次的難關，想必葉藏會成長到我也認不得的模樣吧。」

看著院長的笑容，我突然意識到一個可能性。

雖然心中覺得不太可能，但我還是忍不住問道：

「院長。」

「嗯？」

「妳該不會是為了讓她斬斷對妳的眷戀，所以才製造這個局，讓自己死在她的手上？」

「一部分原因是吧。」院長露出了稍顯疲態的笑容，「另一方面的原因，是我感到我這個存在已經到了極限。」

「極限？身為程式的妳會有極限？」

「正是身為程式，我才感到自己已到了極限。」不知何時，院長手中多了一杯熱茶，她啜了一口茶後說道：「為了世界和平，我順著季晴夏的計策，藉由利用、敵視病能者來操控普通人。」

「嗯……」

「和」這座城市，就是院長這句話的最大體現。

「然而，若是哪天人們知道，統治他們的『滅蝶者』不過是個程式，那會變得如何呢？」

「嗯……？」

各種科幻電影的情景出現在我腦中。

若是機械人統治人類……？

我思考了一會院長真實身分曝光後會發生的狀況，說出心中的想像：

「應該……會心生不服。」

「不止會心生不服吧？應該會有不少人心生叛意，『滅蝶之國』也會瞬間分崩離析。」院長再啜了一口茶，「不是有一句話是這麼說的嗎——『非我族類，其心必異』。綜觀人類歷史，戰爭的產生，多數都是因為不同國家或不同種族的關係。」

別說歷史了，縱然是現在，這個狀況都在持續。

不同宗教、不同利益、不同的價值觀——

人們因為各種「不同」而互相殘殺。

「人類因為這樣的鬥爭而死去巨量的人，也因此在腦中產生了『恐懼炸彈』。但是季晴夏很聰明，她也同時利用了這點，製造病能者這個與人類相異的種族，來轉移這份恐懼拯救人類——不管是毀滅抑或拯救，用的都是同一套法子，真不知該說是天才還是可笑？」

「毫無疑問是可笑吧。」

雖然我完全笑不出來。

「人們是絕對不會服從與自己相異的存在的，若今天是病能者統治他們，他們都不一定能接受了，更何況現在立於他們之上的，不過是個影像和程式。」

「所以……妳才說已經到了極限？」

「沒錯，隨著統治的人類越來越多，我也越來越清楚地明白了一個事實——」

挺直脊背的院長，以漂亮又纖細的手撫著自己胸口說道：

「最有可能破壞『世界和平』的人——

「不是別人，正是我。」

「…………………」

這真是……何等諷刺的事實。

「只要我的真實身分曝光，世界轉眼間就會陷入更大的混亂。也難怪這些日子季晴夏都沒有任何動作，因為她就是在等待這一刻。」

「……等妳勢力越來越壯大的那刻嗎？」

「我就像是個脹得越來越大的氣球，只要大到一定程度，那麼我的破裂就會威脅到世界和平。因為我無法說謊，所以當我意識到這點的瞬間，我就會自動尋求讓自己毀滅的道路。」

季晴夏什麼都沒做。

但也因為她什麼都沒做，不斷膨脹的院長才走到了無可挽回的地步。

一切都在她的計畫之中。

她的聰慧，究竟要到何等地步？

「院長妳……就這樣放棄妳的執念了嗎？」

「……」

「我也不想放棄，可是不管我怎麼掙扎，我都無法敵過我『僅存實話』的設定。」

「唯有人類能統治人類。」

院長伸出修長的手指指著我。

「病能者不行。」

轉而指向自己。

「幻影也不行。」

她閉上眼，緩緩說道：

「當然，非人之物也不行。」

雖然她沒說是誰，但我知道她此時說的是季晴夏。

「我因為世界和平這執念而構成，所以我理所當然地無法違抗這執念，最後因這執念而毀滅，想必也是可意料的。」

院長露出豁達的笑容說道：

「所以就算再不甘心，這都是我無可逃避的結局。」

說到此處，院長的身上突然發出光芒。

無數的白色粉塵散了出來，讓人感覺既神聖又美麗。

「看來，時間到了。」

「院長，妳……」看著她逐漸變淡的身影，我突然不知道該說什麼好。

「幫我把這個交給葉藏。」

順著她的手指方向一看，我才發覺不知何時，身前多了一把扇子。

此時我才猛然醒覺，院長剛剛在和我對談時，手上根本沒有拿扇子。

「院長這個存在將永遠消失，再也不會出現在你們面前。」

「妳真的……再也不會出現了嗎？」

「人死不能復生，這是世間常理，也是再理所當然不過的事，甚至根本不需要用我的實話再說一遍。」

她端正坐姿，將雙手疊放在膝蓋上說道：

「所以你說得對，我再也不會出現在你們面前。」

「那麼，為什麼呢……」

「嗯？」

我向她問出最後一個問題：

「為什麼最後這刻，妳選擇在我面前出現？」

不管是葉藏、葉柔，甚至是晴姊——妳有更多重要的人該道別吧？

「因為，你是唯一認識『院長』的人啊。」院長露出微笑，「葉藏和葉柔，看我的目光中有著母女的情愫，至於季晴夏，她根本不把除她之外的存在放在眼裡。」

院長身上的光芒大盛，這股熾烈的光，幾乎要吞沒她的全部身影。

「唯有季武是以毫無雜質的目光看著『院長』。」

院長伸出幾乎要消失的手捧住我的臉。

在這樣的虛幻空間——在最後這刻。

我第一次感受到院長這個人的溫度。

「季武因院長而畏懼、因院長而心跳加速、因院長而傷心難過、因院長而憤怒痛苦——因為有了你的認知，最完整且純粹的『院長』才得以存在。」

「——！」

心中不斷翻騰的情感，讓我的眼眶一熱！

那不是感動、不是悲傷也不是不捨——我根本就說不清那是什麼。

就像院長剛剛說的，我對她有著太過於複雜的情感，無法辨明也無法將其一個個分離開。

不，或許應該這麼說——

這混沌的一切，才是真正的院長。

她將所有人捲入她的執念，讓人再也忘不了她。

「所以，我才在最後的最後，前來向你道別。」

院長對我露出透明無比的笑容，緩緩說道：

「再見——————不對，我不能說謊。

「——永別了。」

就跟降臨那天一般的突然，院長化作一道光消逝。

毫無徵兆的，我回到了飯店的房間中。

「夢……？」

不對，我的手上，多了一把院長從不離身的扇子。

看著那把扇子，我深切的體認到——院長消失了。

就如她所說的，她因自己的執念毀滅。

「永別了……院長。」

兩行淚水，滑落我的面頰。

在院長消失後，「和」發生了大停電。

居住在裡頭的人民陷入深深的不安，但此時一個東西安撫了他們的心。

到處飛舞的蝴蝶機械人發出了這樣的公告。

「意外發生，正在處理。」

人民聽到這樣的話語，迅速安下了心。

——「滅蝶者」很快就會解決這個狀況。

他們深信這點，就跟以往一樣。

照常理說，這樣的異常，就算人民混亂和暴動都不奇怪。

但這些事都沒發生。

看著人民毫不慌亂的模樣，我才深切體會到他們是多信任院長，以及院長帶領他們度過了多少次的危機。

在燭光的微弱照明中，我向旅館老闆探聽情報，這才明白「和」從沒遇過這麼大的停電。

我本來就深信院長消失了，而這消息更加證實我的想法。

停電的狀況大概持續了一天吧，接著很快就恢復如常，「和」也恢復了往常熱鬧平穩的模樣。

我猜想會有這種情況，大概是在院長死後，系統整個當掉，為了全力啟動備用系統，才造成了大停電。

但是，院長說的終焉確實正在到來。

因為我、葉藏和科塔手上的黑色手環，突然出現了一排倒數計時。

我算了算它歸零的時間，正是七天後。

院長說得沒錯，七天後，「和」的能源就會耗盡，因而從空中墜落。

「唉……」

看著手環和扇子，我深深嘆了口氣。

不管我怎麼苦思，我都想不到拯救「和」二十萬人的方法。
就算我將事實公諸於世，叫他們快逃出這座空中之島，也不會有任何人相信我。
因為真相是殘酷的。
他們有多信任院長，就有多不能接受他人對院長的抹黑。
說來也真是諷刺，正是這份信任，會將他們帶上破滅之路。
「只能……置之不理了嗎？」
當話說出口的那刻，我的心沉甸甸的，彷彿壓上了一塊大石。
本次的故事已結束了。
雖然留下了許多遺憾，也留下了未解之謎。
但就像葉藏做的覺悟那般。
在她斬碎培養槽的那刻，二十萬人的性命就走到了盡頭。
我們只能將這些拋諸腦後，為了保住自己的生命逃離「和」。
不管我們怎麼努力——
這個結局都不會改變。

「科塔。」
「……」
隨著我的招手，白髮小女孩踏著小碎步跑了過來。

「握住葉藏的手。」

聽從我的吩咐，乖巧的科塔用小小的雙手包裹住葉藏的手。

「殺死」院長那天起，葉藏就陷入嚴重的高燒中。

她不斷作著惡夢、發出夢囈，有時身體還會因為不適而抽搐。

為避免暴露她是病能者的事實，我將她藏身在旅館中，靠著我和科塔照顧。

事實上就算帶她去看醫生大概也不會有用，因為靠我的病能稍作診斷後，我發現她是因為沉重的精神壓力而生病。

殺了自己的母親，然後又連帶抹殺了二十萬人的命，不管是誰都會崩潰吧？

這個業是葉藏自己選擇背負的，沒有任何人可以幫她分擔。

我只能餵她流質食物，不斷擦掉她身上的汗水，盡我所能地照顧她的身體，讓她可以與心中的壓力對抗。

但是，這樣的日子過了兩天後，不管是生理或心理，我都迎來了極限。

之前戰鬥留下的傷、必須提防季秋人可能來犯的襲擊、這段時間過於頻繁的病能使用，加上我每天要定時花一個小時讓自己死亡。

我沒辦法二十四小時不眠不休的照顧葉藏。

為了尋求幫助，我開始教導科塔這個小女孩如何照顧葉藏。

一開始時，我非常擔心。

科塔是「死亡錯覺」的病能者，而且又經過人類的荼毒。

我無法掌控她的行為，也不明白她究竟在想什麼。

今天只要她一不小心使用病能，她周遭的人就全都要死。

然而，我意外的發現，雖然她不會說話也沒什麼表情，但她的行為舉止並沒脫出一般人的範疇。

稍微思索其中的原因，我才想到了一件事。

自從將科塔從豪宅帶出來後，葉藏就一直把她帶在身邊。

在我沒意識到的狀況下，葉藏悄悄地負起了照顧科塔的責任，提防科塔可能造成的災害。

科塔今天之所以沒失控，正是葉藏的功勞。

「真是傻瓜啊……」

看著葉藏痛苦的面容，我不由得這麼說。

她總是對自己沒自信，總是認為自己一事無成、會將所有事情搞砸。

但是，她過度在意失敗了。

她沒注意到，她的失敗也能拯救他人。

要是沒有她，葉柔不會得救、院長無法如願死去，我也無法做出最後的決定。

我輕輕撥了撥葉藏因為汗而溼透的瀏海。

身旁的科塔笨拙地扭乾手中的毛巾，我接過後，對她露出鼓勵的笑容。

可能是不懂我的意思吧，她歪了歪小小的頭，像是有些疑惑。

我突然發現，科塔跟葉藏真的很像。

她們總是沒注意到，自己其實做得很好。

我將冰涼的毛巾放在葉藏的額頭上，對昏迷的她說道：

「為了讓妳有生活上的目標，我曾對妳說：『妳必須向我報恩。』」

不只如此。

那時的我還跟妳這麼說——當妳報了恩後，妳必須以此自豪。

「說實在話，妳並沒有向我報到恩，比起拯救我的次數，妳讓我身陷危機的次數應該多上許多。但是——」

我附在她耳邊，盡量以溫柔的語氣說道：

「即使如此，妳也應該為至今為止的妳感到自豪。」

或許是我的錯覺吧。

當聽到我這麼說後，葉藏的臉色似乎稍稍好了些。

我把院長留下的扇子放在她枕邊，走出房間讓她好好休息。

接下來的日子過得非常平靜，「和」的居民沒有人發現我們是病能者，僅憑手上的手環，我們就得到非常高規格的禮遇，不只吃住免費，只要我寫張字條給旅館的人，他們就會自動送來我需要的東西。

本來我還擔心季秋人朝我們發動攻擊，但他這段日子一點動靜都沒有。

雖然有些在意這異常，但現在光是照顧葉藏就已經耗費我的全部心神，我很快地就把這個疑問拋在腦後。

幸運的是，狀況漸漸好轉。

葉藏在第五天恢復了意識，第六天時可以坐起身來。

接著在第七天——也就是「和」墜毀的那天，她終於可以走下床。

「萬歲——！」

我高舉科塔的雙手說道：

「科塔，這時就是要這樣，來——做一次！萬歲——！」

面無表情的科塔遵照我的指示，高舉雙手！

雖然神情和動作沒有配合起來，但是沒關係，誠意有到就好！

「主人……」沒什麼精神的葉藏，以虛弱的語氣說道：「抱歉，這些日子麻煩你了。」

「妳也該謝謝科塔，她也很盡心在照顧妳。」

「是這樣嗎？」葉柔向科塔露出微笑，「科塔，謝謝妳。」

「（萬歲）」

「對，就是這樣！科塔妳這時萬歲就對了！」

看著科塔雙手高舉的模樣，不知為何有種謎之感動。

見證自己孩子成長就是這種感覺嗎？

「主人。」

「嗯？」

「這些日子……我一直在作有關母親大人的惡夢。」葉藏臉色暗沉地說：「我回憶起過往她的養育之恩，也夢到了她被我殺死時的模樣——」

「（萬歲）」

「等一下！科塔！這時不能萬歲！」

我慌慌張張地壓下科塔的手，她轉頭看著我，眼中略帶責備之意。

「該責備的人是妳吧！妳這時要擺出悲傷的樣子……對，就是這樣，把頭低下來，假裝很難過——」

「（難過低頭）」

「沒錯，妳做得很好……啊，抱歉，打斷妳了，葉藏，妳可以繼續說。」

「……………」

葉藏深吸一口氣，整理好心情後繼續說道：「我曾想過，若是葉柔，會不會處理得更好。但能做到現在這樣，已經是我的極限了。」

「嗯……」

「就像主人在我睡夢中說的，雖然我很笨拙，什麼事也做不好，但是——」

葉藏對我露出略帶成熟之意的微笑。

「我可以對這樣的我自豪，對吧？」

「（難過低頭）」

「等一下！科塔！妳又弄錯了！」

我趕緊閃身到科塔和葉藏中間，遮住一臉哀傷的科塔。

妳不是沒有表情的角色嗎？為何這次就學得那麼好！

我趕緊拉起科塔的雙手。

「萬歲！科塔！這時要萬歲！」

「…………………」

科塔不滿地看著我，露出「你到底想要我怎樣」的目光。

「我才該不滿吧！妳可不可以看一下氣氛！不要隨便做動作！」

我很沒風度地譴責起一個十歲的小女孩。

「那個，主人……」

「抱歉，又打斷妳了，葉藏，妳可以繼續沒關係。」

「…………」

「別在意我和科塔，請繼續、繼續。」

我做出「請」的手勢，看我這樣，葉藏難得的微微嘟起了嘴，像是在生悶氣一般把頭轉開。

「……………說到底，我的心情怎樣，對主人來說根本一點都不重要吧。」

「……為什麼突然變得這麼消沉？」

我做了什麼嗎？

「反正像我這種『廁所系女子』——」

「不要創造新名詞！這個名詞聽起來實在糟糕到了極點啊！」

「（低頭難過）」

「——這次對了！科塔！」

我激動地指著科塔，她雙手高舉！

「(萬歲)」

「喔喔——好感動啊！妳終於懂得怎麼使用這兩種情緒了——」

「主人————！」

多虧了科塔的幫忙（？），葉藏才沒有陷入自怨自艾的情緒中——

「反正像我這種人反正像我這種人反正像我這種人——」

——大概吧。

我刻意移開目光，不看縮在店家牆角、散出黑暗氣息的葉藏。

說真的，好想裝作不認識她。

在剛剛的鬧劇後，我們應葉藏的要求，來到「和」的市內走走逛逛。

但可能是一不小心想到剛剛的事，葉藏再度陷入了消沉。

這可是在咖啡廳中啊，真希望她可以收斂點。

「(拉)」

科塔走向前去，拉了拉葉藏的衣角，遞上一杯冰淇淋，似乎是想安撫她。

看著科塔，葉藏眉頭微皺，露出複雜的表情。

她大概是因科塔的行為而感動，卻也同時發現被十歲小女孩安慰有多麼丟臉吧。

於是，她站起身來。

無視店內所有人的目光，葉藏以若無其事的態度——

被科塔牽回了座位。

「…………」

我努力不露出同情的表情。

「總之呢——」深吸一口氣，我裝作剛剛什麼都沒發生的模樣，向她們說道：「今天是最後一天，我們要離開這座城市。」

我看著黑色手環，上頭的倒數已到了最後五小時。

能源耗盡的「和」，將會在五小時後墜毀。

「我稍微用病能調查了一下我們手上的黑色手環。」我指了指葉藏和科塔戴著的手環說道：「若是院長的影響力完全消失，它應該會自然脫落，所以上頭顯示的時間，除了是『和』的末日計時外，也是它解開的倒數計時。」

因此，只要等到時間結束，這個手環就會在沒有後遺症的狀況下解開。

「我已經調查也安排好了，只要搭上飛機，我們可以在十分鐘內離開這裡。」

時間綽綽有餘。

因為死去的院長不會說謊，所以也不用擔心會突然提早。

「我明白了。」葉藏乖順地點頭，沒有表達任何意見。

……她的模樣有些不對勁。

什麼都沒做，就這樣丟下、捨棄這邊的二十萬人獨自活下去。

我本以為葉藏一定會抗議或是做些什麼的。

但她什麼反應都沒有，平靜的模樣就像是已經默默接受了這個事實。

雖然表情仍不明顯，但她眉間隱藏的一絲哀愁，讓她整個人看起來成熟異常。

或許就如院長說的，她成長了不少。

但坦白說，相較現在的表情，我似乎更希望她是剛剛那副悲慘的樣子。

接下來的時間，我們默默地吃著冰淇淋，什麼話都沒說——不會看氣氛的科塔，趁葉藏恍神時偷挖了她的冰淇淋。

「主人……」

就在要吃完時，葉藏突然開了口。

「什麼事？」

「可以再撥一點時間，讓我在這座城市走走逛逛嗎？」

「妳是想看看院長建立的城市是什麼模樣嗎？」

「這確實是目的之一。」

此時我注意到了——

彷彿是想尋求什麼依靠，葉藏緊握著院長留下的扇子。

自從她醒來後，就沒讓扇子離開過身邊。

「但我真正想要的是——

「我想看看……因我而死的二十萬人，是什麼模樣。」

「……」

「我想將他們全都記住，想要將我犯下的過錯和罪惡印在腦中。」

葉藏露出悲傷又成熟的笑容說道：

「我不想忘記他們。」

真是何等笨拙的人啊。

明明逃走就好了——明明什麼都不要記得就好了。

為何還要多此一舉，做出這種會讓自己未來永遠痛苦的事？

葉藏的表情雖沒有明顯變化，但她握著扇子的手用力到指節都發白了。

或許就是會刻意朝著這樣的荊棘之路走去，才像是葉藏吧。

看著這樣的她，我深吸一口氣——

「喔耶～～～～～～～～～～～～～～～～～～～～～～～～！」

我突如其來的大喊，驚呆了葉藏，也嚇到了店內的所有人。

「我答應妳的請求。」我以開朗的聲音說道：「但是既然要逛街，就要開開心心的逛！」

「可是，主人……」

「沒有什麼好可是的，若途中妳有任何自怨自艾的行為，我就動用武力，強制將妳和科塔帶離這座城市。」

「……」

我不理會啞口無言的葉藏，轉頭向科塔尋求助攻：

「科塔，妳也比較期待快快樂樂的逛街對吧？」

「（萬歲）」

「很好！這次也對了！」

我將手伸進科塔厚重的白色頭髮中，摸了摸雙手高舉的她。

看著我們兩個的互動，葉藏呆愣在座位上，呈現當機狀態。

「來吧，葉藏。」

我露出笑容，向這樣的她伸出手。

「如果妳願意的話——

「跟我來場約會好嗎？」

在服飾店——

「主人，等、等一下，這種輕飄飄的服裝不適合我啦！」

「放心吧，一切交給我，我挑衣服的品味，可是被雨冬譽為『超越世人一千年，為了怕過度震撼世人，以後買衣服這種事還是交給奴婢吧』。」

「咦？是我多心了嗎？總覺得雨冬師父這句話不是稱讚的意思……」

「不不，就連晴姊都對我讚不絕口喔。她那時是這麼說的：『我終於找到超越我理解的事物了──那就是小武對衣服的品味。』」

「超越那個季晴夏的理解？我、我現在是什麼樣子？我應該照鏡子嗎？」

「科塔，妳應該也覺得這樣很漂亮吧？」

「（高舉雙手，難過低頭）」

「──新的姿勢出現了！」我跟葉藏同時大喊！

不過怎麼那麼微妙？她到底想表達什麼？

在理髮店──

「科塔，妳的頭髮都拖到地上了，還是剪一下比較好吧？」

「（搖頭）」

科塔抱著她長長的白色頭髮，不斷倒退。

「要是剪短一些，頭就不會那麼重，也會感覺比較清爽喔。」

「（搖頭搖頭）」

雖然依舊沒有表情，但科塔頭搖得飛快。

「我不行了，換手。」

我嘆了口氣，交給身旁的葉藏進行勸說。

「科塔，聽好囉，對女孩子來說，頭髮就是生命，要好好愛惜。」

葉藏將她長長的馬尾拉到身前說道：

「我之所以留到那麼長，就是為了想要更有女孩子味一些。」

喔喔，感覺不錯。

科塔不再搖頭，好好的在聽葉藏說話。

要是繼續這樣下去，說不定能行——

「但當我長大後，我發現，一個人的氣質，跟頭髮的長度一點關係都沒有，最好的證據就是，我留這麼長，女人味基本還是零。」

「…………」

「看看我吧，髮型根本就不重要，就算我理成光頭，我身為女人的價值也不會改變——」葉藏越說語音越是顫抖，「反正做什麼都沒用，那為何不讓自己輕鬆些呢？對……反正一切早已無可挽回。」

這到底是什麼悲慘至極的勸說？為什麼勸人剪頭髮可以說到自己哽咽失聲啊？

「科塔，雖然我說做什麼都沒用……」觸動自己心事的葉藏跪倒在地，雙手捂著臉緩緩說道：「但妳要知道……剪了頭髮後，妳至少會擁有讓人看了不這麼熱的價值——嗚！」

科塔走上前去，輕輕拍了拍葉藏的頭。受到這樣的安慰，葉藏嘴巴一癟，撲上前去緊緊抱住科塔，將頭埋進她的懷中。

「……………」

到底誰才是小孩子啊？

在電影院——

「主人，這部電影片長三個小時。」

「看完剛好『和』墜毀。」

「（萬歲）」

「…………」

看著高舉雙手的科塔，這次，我不知該說她是對是錯。

當然，最後我們並沒有進電影院看電影。

之後的三小時——

就像忘記所有過往——就像將所有傷心的事拋在腦後，我們一行三人盡情玩樂，逛了市場、電玩店、百貨公司等等。

最後，就在離「和」要崩解前的兩小時，我們來到了公園。

葉藏坐在樹蔭下的長椅，一言不發。

沉浸在自己思緒的她，默默地看著手中的院長扇子。

趁這個時機，我將科塔拉到面前。

「科塔。」

我蹲下身子，讓自己的視線與眼前的純白小女孩等高。

「我有話想跟妳說。」

科塔歪了歪頭。

「聽好囉。」

接著要說的，是很重要的話。

隨著時間過去，我感到本來像個人偶的科塔，越來越接近普通小女孩。

雖然我還沒生過孩子，不知道養育孩子、看著她成長是什麼感覺。

但見到科塔逐漸變得活潑，我確實從中感受到成就感。

想必只要假以時日，她不管是行動還是說話都能恢復如常吧？

所以——

我才必須在此時跟她說這樣的話。

「這輩子，絕對不要用妳的病能。」

「……」

「我再說一次——」

雙手搭在她的肩上，我以嚴肅的表情說道：

「絕對不要使用妳的病能，不管是面臨怎樣的狀況都不要用。」

科塔睜著晶亮的雙眼望著我，似懂非懂。

我知道這要求很過分。

她被黑道的人奪取了很多東西，過量的榨取病能，使她失去了言語、失去了表情，也失去了過往的回憶和人格。

如今，我又要封住她的病能。

「妳也看到了。」我指著身旁的葉藏說道：「妳在她身後看到了，她殺了一個人。」

聽到我這麼說，葉藏的身體顫抖了一下。

那也是當然的，因為我並沒有將殘酷的真相做任何修飾，就這樣血淋淋的擺放在她們面前。

「殺了重要之人的葉藏感到痛苦萬分，這份痛楚想必會伴隨她一輩子吧。」

除了幻肢外，還有另一個永遠無法治癒的傷痕——那就是心的傷痕。

聽到我這麼說，科塔小小的手捂住自己的胸口，也蓋住了位於她胸口處的蝴蝶印記。

「妳瞭解了。」我將手疊在她的手上說道：「不管是我和葉藏，都不希望妳嘗到這份疼痛。」

只要發動病能，妳就會無法控制地殺掉大量的人。

妳是比誰都還危險的病能者。

「所以，像個普通女孩子而活吧。」

不要當個病能者。

不要和我們一樣。

「沒有力量也很好的。」我摸摸她的頭，「沒有力量，讓人保護也很好的。」

我不只對眼前的科塔說這些話。

我也知道，我真正想讓她聽的對象，正在專心傾聽我的話語。

於是，我加重語氣繼續說道：

「在未來，妳或許會懊悔妳沒有院長聰明。

「妳或許會懊悔妳沒有葉柔堅強。

「妳也有可能懊悔自己總是搞砸一切。

「但是妳要知道——」

我露出溫柔的笑容。

「這些軟弱，都是很重要的部分。」

「——！」聽到我這麼說，吃驚的葉藏微微睜大雙眼。

「看看我吧，就是因為我追不上晴姊，所以雨冬才站在我身後。

「就是因為我沒有院長聰明，所以葉藏和葉柔才出現在我身旁幫助我。

「是我的軟弱，將這些夥伴帶到了我身邊。」

我感到身旁的葉藏微微顫抖，像是在哭泣。

突然發現，在這些人中，葉藏應該是和我最為接近的存在吧。

我們總是欽羨身邊的人，總是意識到自己的不足。

「聽好囉，科塔——

「人不能總是軟弱，但也不能都沒有軟弱。」

科塔大大的眼睛眨啊眨的，我不知道她究竟聽懂沒。

但即使只是記在心中也好，我希望她終有一天會懂。

該哭的時候就哭泣。

該自責的時候就自責。

該自卑的時候就好好自卑。

「不用硬是逞強，假裝自己沒有脆弱的一面。」我一邊摸著科塔柔順的白色髮絲，一邊說道：「要不然，妳會活得不像人類。」

妳會無法與他人共鳴，變成不斷傷害周遭之人的人——就像晴姊。

妳也會隱藏自己的真心，為了他人的期待而活——就像之前戴上奴婢面具的雨冬。

「為了自己心中的正確，妳需要有斷定他人為邪惡的勇氣。

「但這句話反過來也是能成立的。就是斷定了自己的錯誤，才彰顯了其他人的正確。」我抱住嬌小的科塔，緩緩說道：「就是有了這份軟弱，周遭的人才能為妳擔心、才能照顧妳——才能變得堅強，這樣不也很好嗎？」

身旁的葉藏緊握扇子泣不成聲，我假裝沒發現這事。

「科塔。」

——還有葉藏。

「現在的妳很軟弱——甚至可以說太軟弱。

「但是沒有關係，記得妳曾給人添過麻煩，記得妳曾想要變得更好。

「妳要明白——

「就是妳曾軟弱過，妳才比其他人更懂得何為軟弱。」

因為痛過，所以才懂得這份痛。

妳說出的話才有共鳴的力量。

比起院長和晴姊，要說我和葉藏有什麼可以與她們抗衡的部分，我想就是這個部分了。

我們比誰都還理解弱者的心情。

「所以，請妳謹記此時的軟弱——

然後用這份軟弱去拯救他人吧。」

「嗯、嗯……」

不斷流淚的葉藏終於放下手中的扇子，緊緊抓住了我的衣角。

此時，也不知是不是我的錯覺。

我感到科塔小小的手繞到我身後，輕輕擁了我一下。

「那個……」

「……」

「葉藏，那個……」

「…………」

「妳差不多……可以放開我的衣角了。」

即使我這麼說了，葉藏仍裝作沒聽到的樣子，右手緊緊抓著我的衣角。

離「和」墜落還有一個小時，我帶著葉藏和科塔往機場走去。

但是在行走路途中，葉藏走在我後方，就像個孩子一般抓著我的衣角。

也不是說這樣不行……可是一個男人後方跟著一個雙眼哭得紅腫的女人，這景象實在非常引人注目。

科塔抬頭看了一眼葉藏——

然後學著她的模樣拉住我的衣角。

於是我的身後左右，突然多了一大一小兩個護法。

……這樣真的很難走。

而且因為過度拉扯的關係，上衣好像也變形了。

「那個，科塔……」

既然葉藏說不聽，就只好換個對象。

「這樣走路很危險，妳要不要把手放開？」

聽到我這麼說，科塔乖順的點了點頭，將拉著我的手放開。

——然後轉而拉住葉藏的衣角。

科塔拉著葉藏、葉藏拉著我。

我們一行三人以這樣丟臉無比的狀態走在街上，所有看到我們的人都露出詫異的目光。

這是怎樣？火車模擬遊戲嗎？

因為實在不想再引人注意，我伸出手去，想要強行將葉藏的手扳開——

「嗚啊啊啊啊啊啊啊啊啊——————！」

葉藏突然大叫，就像被我的手電到一般往後猛退。

「怎麼了？發生什麼事了！」

被她突如其來的激烈反應嚇到，我也跟著有些驚慌失措。

敵人出現了嗎？還是有什麼我沒發現的危機靠近？

「沒、沒有，沒事——」葉藏深吸一口氣，擺出鎮定的模樣，但不知為何，她一直用另一隻手撫著剛剛被我碰過的地方。

「……妳為什麼要離我這麼遠？」

雖然表情跟往常一模一樣，但葉藏離我大概有十步遠。

「嗯、啊，就是這麼遠才好，應該說我個人希望主人永遠不要出現在我視線中。」

「……我是做了什麼讓妳不開心的事嗎？」

被她以冷淡又遙遠的距離這麼說，意外地挺讓人受傷的。

「沒有不開心，真的沒有。」遠處的葉藏搖了搖手，可能是覺得說明不足吧，她又補了一句：「應該說剛好相反，我現在感到很幸福。」

「…………」

很幸福於是要遠離我？

還是因為遠離我所以很幸福？

這傢伙怎麼突然變得那麼難懂？

為了搞清楚葉藏的想法，我仔細觀察她的表情——

葉藏拿起攤販的一顆西瓜，擋住了自己的臉。

「…………」

「怎麼了嗎？」

「妳——」被這景象嚇到的我，吞了一口口水後說道：「妳的……妳還好嗎？」

我努力壓抑內心的衝動，不說出「腦袋」這個詞。

「我很好，主人，這輩子沒這麼好過。」

雖然她這麼說，但西瓜葉藏還是沒放下西瓜。

她身旁的科塔也跟著拿起西瓜，想要模仿葉藏的動作。但可能是因為太重的關係，科塔細瘦的手臂不斷顫抖，最終她化身西瓜的野心以失敗告終。

但是，越挫越勇的科塔並沒有放棄。

她目光一轉，盯上了別的水果。

——蘋果科塔也因此誕生。

「…………」

周遭的人看我們的目光已經不是詫異而是同情了。

看著遠方的西瓜葉藏和蘋果科塔，我認真的思考要不要轉身走掉，裝作不認識她們。

然而，我終究還是不夠狠心，無法拋下她們不管。

「葉藏……不對，葉藏小姐，如果可以的話，能不能放下手中的水果？」

「我的要求只有一個——」

葉藏雙手緊抱著西瓜，宛如抓著人質。

「只要主人不盯著我看，我就放下水果！」

「別做傻事了！勸妳還是盡快還西瓜自由吧！」

因為妳沒付錢。

「你沒聽到我說的話嗎？」西瓜葉藏大喊道：「這個交易沒有任何妥協的空間！限主人兩分鐘內將視線帶離我身上！」

「這個宛如跟綁匪談判的氛圍是怎麼回事……」

「若是滿足我方的要求，我就還這顆西瓜自由。」

「葉藏，快停手吧。」因為距離很遠的關係，我向葉藏大喊：「妳在家鄉的家人若看到這情景，絕對會流下傷心的淚水的。」

我沒說謊，葉柔百分之百會哭的。

「我、我……」

葉藏拿著西瓜的手不斷緊縮——

——啪！

彷彿氣球一般，西瓜被她的手給捏爆了！

葉藏的肉體強度到底有多誇張！竟然可以徒手捏爆西瓜！

無數的西瓜碎肉和西瓜汁濺到她的頭上、身上，使她變得一片紅。

我趕緊跑到她身旁，用面紙擦拭她的頭臉。

至於科塔則眼睛一亮，放下了手中的蘋果，默默地揀著地上的西瓜碎片開始啃了起來。

「真是的……竟然變成這樣。」我一邊擦拭一邊這麼說道。

「嗚啊、嗚啊啊啊啊……」

在我抹掉西瓜殘渣的時候，葉藏不知為何發出奇怪的聲音。

雖然表情看似跟平常一樣，嘴角和眼角卻微妙的扭曲和抽動，看起來就像是在極力忍耐什麼。

「咦……？」

奇怪，不管怎麼擦葉藏的臉都是紅的，這西瓜是怎麼回事？

「主人、主人……」葉藏低著頭，以細如蚊蚋的聲音說道：「你、你靠得太近了。」

「妳在說什麼啊？並肩作戰時，我們甚至靠得更近吧？」

「那、那個不一樣……」

「對了，說到這個，突然想到有一件事忘了跟妳道歉。」

「嗯？」

「在黑道豪宅那邊時——」

我憶起當時的情景。

「因為情況緊急，我被季秋人逼得親了妳一下——嗚啊！」

——噗咻！

葉藏的臉瞬間熱了起來，就像是燒開的熱水壺。

「這是怎麼回事！血液竟然瞬間湧到了臉這邊！這真的沒問題嗎？」

鍛鍊到極限的人類肉體，連這種事都能做到嗎？

「大大大大概沒問題——」

可能是血液不正常的集中，暈頭轉向的葉藏身子一歪——

我反射性地用身體接住了她倒下的身軀。

「——『靜之勢』！」

「妳為什麼要在這時發動絕技！」

正坐在地上的葉藏展開劍圍，瞬間將我逼了出去！

要不是我閃得快，我就要被劈成兩半了啊！

「還、還不是因為主人剛剛——嗚啊啊啊啊啊啊！」

「——為什麼這時候又哭了啊！」

葉柔，我從沒有這麼想妳過。

我突然有些好奇一件事，之前妳和葉藏在家族之島，究竟是怎麼相處的？

若是今天妳在的話，妳是否就能為我解答妳寶貝姊姊的行為和想法了呢？

妳是否能抹除我心中對葉藏的不安呢？

——盯。

因為在意身後的視線，於是我轉過頭去。

與我目光相接的葉藏——

「嘻嘻……」

她微微彎曲嘴角，露出難以形容為笑靨的古怪表情，縮到了牆後。

「………」

那是怎樣？超恐怖的啦。

現在的葉藏，跟在我身後一段距離處，躲在牆後看著我。

因為只要我太靠近她，她就會跟剛剛一樣陷入幾乎失控的狀態——順道一提，盯著葉藏看，她也會失控；啊，碰到葉藏她也會失控。

總之就是不管怎樣都會失控。

為了解決這問題，只好讓葉藏以這種跟蹤狂的方式走在我身後。

但是——

我不能看她，她卻能看我。

——盯。

她射過來的視線好像具有實體一般刺在我背上，讓我感到不太自在。

「那個……葉藏啊……」我盡力以和緩且不會刺激她的語氣說道：「妳到底發生了什麼事，可以跟我說嗎？」

究竟是經歷了怎樣的心境轉變，妳才能突破原本的下限，從遺憾變成非常遺憾呢？

妳一定要這麼讓人深表遺憾嗎？

「………」

葉藏沒有回答我，但我還是感受得到她緊盯著我的視線。

「我說啊——」

——我突然轉過頭去，想要強自和葉藏對話。

一大一小兩顆頭迅速縮回牆後。

……增加了。

跟蹤狂繁殖了。

沒想到連科塔也加入了葉藏神祕行為的行列中。

我深深嘆了口氣——

為什麼我身邊沒一個女孩子是正常的啊！

好想這樣大喊！好想這樣仰天大喊！

但是我不想再更引人注意了，今天被人注目的分量已經夠了。

希望葉藏離開「和」後會恢復正常，但怎麼覺得她這狀態好像要維持好一段日子？

「這位貴客，請快離開這邊。」

突然，一位路人向我這麼說道。

「……真的很抱歉，沒想到我們已經到了不堪入目的地步了，我們會盡快閃人的。」

「你在說什麼啊……？」這位路人一臉問號的看著我說道：「看你們手上的黑色手環，應該是『滅蝶者』的貴客吧？前面很危險，請不要過去。」

此時我才注意到，這個人穿著反光背心，手拿指揮棒，模樣非常像警察。

「怎麼了嗎？」我探頭看向警察身後，遠方隱約傳來了騷動的雜音。

「前面有凶惡的病能者正在作亂。」

「病能者……？」

「沒錯，就是病能者。」

若說我、科塔和葉藏之外的病能者，不就是——

「啊，不過請貴客安心，在『滅蝶者』的蝴蝶機械人圍攻下，那個病能者已經奄奄一息了，應該再過不久就會被收拾掉。」警察皺著眉頭繼續道：「不過說來也奇怪，那個病能者在被圍攻前，為什麼就已經全身是傷呢——」

「那個……」我打斷他的話，「我想問你個問題。」

「是，能回答『滅蝶者』客人的問題，是我無上的榮幸！」

「那個病能者是男的還是女的？」

「女的。」警察指著遠方說道：「那個凶暴的病能者，是個左腿斷掉、拄著拐杖的女人——」

不待這個警察說完，我就像風一般穿過他的身旁！

撥開被蝴蝶機械人擋住的人群，我不斷向騷動的中心點邁進。

「讓開！快讓開！」

若是只有季秋人，或許我還會猶豫要不要救他，但南就另當別論了。

要是連她都死去，季秋人將會再一次失去季曇春留下的救贖。

「警告！後退！警告！後退！」

蝴蝶機械人拉出了封鎖線，將人群擋在線的後方。

當我靠近這條線時，它們閃爍著紅光，群聚成一團想要將我擋住。

我探頭看向遠方，結果因為距離太遠的關係，根本無法看清南現在的狀況，只能隱約聽到無數槍聲。

使用病能？不行，這裡人那麼多，要是被發現是病能者，我們將會陷入困境。強制闖破封鎖線？不對，引起騷動只會造成更多麻煩。

我心急如焚，若是在這段時間中，南真的死掉——

「讓開！」雖然不知道這樣做有沒有用，但我舉起了左手，讓上頭的黑色手環顯露出來。

「我是你們『滅蝶者』的客人，聽從我的命令，讓開！」

「……」

無數蝴蝶圍到我的手腕上，似乎是在確認手環的真偽。

過了一會後，它們停止了紅光，讓開一條路給我。

我趕緊從中穿過去！

因為人群都被隔離在外，不用在意他人目光的我開啟了二感共鳴，提高奔跑的速度。

「沒想到真的有用……」

我一邊跑、一邊看著手上的黑色手環。

它的權限等級也太高，幾乎就要等同於另一個院長了。

等一下，若是如此——那我根本就不用跑到現場吧？

我猛然停下腳步。

「周遭一公里內的蝴蝶機械人聽令！」

我高舉左手，黑色手環閃爍著奇異的光芒。

「不要再對跛足的病能者進行攻擊！我再重複一次——不要再對跛足的病能者進行攻擊！」

一股謎之波動從手環向外擴散，我感到遠方的騷動和槍聲停止。

看來，我的想法是正確的，透過這手環，我可以命令蝴蝶機械人依照我的想法行動。

我繼續往前方跑去，想要趕在其他人發現前找到南。

三分鐘後，我終於發現倒在地上、身上風衣破破爛爛、渾身是血和傷的南。

「南！」

我蹲下身將她扶起，枕靠我的腿上。

氣若游絲的她因為失血過多，臉色非常蒼白。

「南，妳沒事吧！」

仔細一看，會發現她的周遭盡是彈痕和被槍打碎的蝴蝶殘骸。

就算沒有親眼見證，也能從這些跡象知道剛剛的戰況是多麼激烈。

要是我沒有第一時間停住蝴蝶機械人，說不定南就要被圍攻至死了。

「季武先生……」南緩緩睜開眼，對我露出虛弱的淺笑，「我就知道，只要引起騷動，一定能見到你的。」

「……妳為什麼不用病能找我？」

「現在的我，只剩兩感共鳴的體力……咳。」南的嘴角流下一絲鮮血。

「妳到底發生什麼事？為何變成這樣？」

「季武先生……那個『設施』中，還有著可怕的祕密……」

「可怕的……祕密？」

——此時，突然一陣寒意襲來。

我猛然轉頭一看，只見剛剛被我丟下的葉藏和科塔匆匆忙忙地趕了過來。

可能是因為我先前衝得太快的關係，她們一時間沒有跟上。

這股寒意是什麼？是從她們身上來的嗎？

不，這怎麼可能，她們可是葉藏和科塔耶。

但是——

我按住隱隱作疼的頭。

心中的不協調感究竟是什麼？

總覺得自己忘了什麼事……一件顯而易見的重要事實。

「我在那個『設施』中……跟數不盡的幻肢殭屍打了七天……」我懷中的南，繼續以微弱無比的聲音說：「在不斷的耗損下……我才變成了這副慘不忍睹的樣子，哈哈……真是丟臉啊……」

七天？跟那些難以死去的怪物打了七天？

「等一下……這不就表示，自從我們將『本體』殺死後，妳就一直待在『設施』中沒有離開嗎？」

「是的，就是這樣。」南點了點頭。

我有些詫異。

以南的能力，是不可能連脫身都做不到的。

身為同樣的病能者，我相當明白這點。

「那時妳不是說會自己脫身嗎？是什麼原因讓妳留在那邊？」

是「設施」中還隱藏著什麼我們不知道的事物嗎？

「留在那邊的妳，究竟在找尋什麼？」

「與其說找尋什麼……不如說我想要抹殺什麼吧。」南閉上雙眼，艱難地說：「因為，本來死去的人……竟在『設施』中復活了。」

「妳說什麼？」

心中不祥的感覺越來越大。

「就連我都不敢相信，但是公主殿下……

「也就是你們口中的季曇春，在『設施』中復活了。」

「這怎麼可能！」我忍不住大叫：「死去的人不能復活！是我、是我——」

是我殺了她的！

「但是，我確實看到她了。」

南的表情是認真的。

她嚴肅的眼神，勾起了我之前在「設施」中的記憶。

那時，不只是我，就連南都看到了。

那個具有實體的幽靈——死而復生的季曇春。

南深吸一口氣，繼續說道：「若只是看到她也就罷了，但這七天來，我不只是看到她而已。」

「什麼意思？」

「隨著時間過去，她變得越來越像活人，即使碰到她，她也不會像煙一般消散——就彷彿幽靈逐漸地進化，回到現世。」

我終於明白了心中的不協調感是什麼。

因為親手殺死季曇春的關係，我一直下意識的將這件事藏在心底，不去想它。我想將這事拋在身後，就這樣離開「和」。但是，「設施」中藏著的幽靈並沒有消失——她沒有饒過我。

以我的逃避為食糧，她逐漸變成了季曇春。

「季秋人呢？」我大聲問著懷中的南：「跟妳一直在一起的季秋人呢？他也看到季曇春了嗎？」

「是的，他也看到了。」南輕嘆一口氣：「七天前，他也闖進了『設施』中，想要找尋不在他身邊的我。但就在此時，公主殿下——不，我不想稱『那個事物』為公主殿下。」

就是因為南比誰都還喜愛季曇春，才無法允許自己這麼稱呼她吧。

「不知從何而來的『季曇春』站在季秋人面前，於是，季秋人決定留在她的身邊。」

「也就是說……從七天前起，他就一直在『設施』中嗎？」

「沒錯。」

難怪這七天來，他都沒有現身襲擊我。

「不管我怎麼勸他，他都不願從『設施』中出來，他想一輩子陪著好不容易復活的季曇春。最後意見不合的我們，就這樣大吵了一架——」南咬著下唇，露出痛苦的神色，「季秋人使用病能，將『設施』中的幻肢殭屍全都變成他的家人，聯合他們一同攻擊我。」

「……」我緊握雙拳。

這傢伙，到底要愚蠢到怎樣的地步。

「我在『設施』中努力了七天，想要挽回季秋人。但幻肢殭屍的數量實在太多，我連靠近他都有難度，更別提將他拉出來了。」

「所以……妳才變成這般遍體鱗傷的模樣嗎？」

「是的……」南顫抖的手緩緩伸了出來，無力地抓住我的衣服。

「雖然我知道這是很過分的要求……也知道我沒有資格這樣請求你……」她的雙眼逐漸失焦，但仍拚盡最後一口氣說道：「但是拜託你……季武先生……

「可以……將季秋人從季曇春身邊拉開嗎？」

南的雙眼一閉，手失去力氣，從空中墜落。

「……葉藏。」我問著站在我身後的葉藏。

「什麼事？主人。」

「妳在『設施』中，有看過季曇春的幽靈嗎？」

「沒有，不過那時的我滿腦子都是『本體』的事，說不定因此而看漏了也說不定。」

「我知道了。」

我抱起南，交給後面牽著科塔的葉藏。

「主人？」

「葉藏，南和科塔就交給妳了，請幫我好好照顧她們。」

我抬起頭遙望「設施」的方向說道：

「我要去找季秋人。」

「主人，離『和』墜毀只剩不到一小時了。」

「我知道，要是再過半小時我沒回來，妳就先帶著南和科塔離開——」

「我不是在說這個。」葉藏難得打斷我的話。

她將南輕輕放在地上，站在我面前說道：「季秋人是我們的敵人，你根本沒有任何理由去救他，然後讓自己深陷險境吧？」

「妳說得沒錯。」

「這裡已經沒有任何我們應該做的事了。」葉藏微微移動身子，擋在我的面前，「與我們有關聯的，僅有院長的部分，當我殺掉她後，這裡的故事就完結了。」

她的眼中有著懇求，就算不用病能，我也知道她在想什麼。

——別再回到那個地方。

不管是她身上的氣息還是話語，都透露出這個訊息。

「不管是季曇春的幽靈還是季秋人，那都是與我們無關的部分，不是嗎？」

這些不像是葉藏會說的話。但也因為如此，讓我知道她是多麼擔心我。

「……妳不希望我去，是嗎？」

「沒錯。」葉藏率直地點點頭，「我不希望主人去。」

「……」

這個不像她的回應，讓我不禁有些傻眼。

接著——葉藏做了件讓我更加傻眼的事。

她走近幾步，輕拉住我的衣角，說出了我以為她一輩子都不會說的話：

「我很軟弱。」

宛如撒嬌一般，她將頭輕輕靠在我身上。

「所以，請留下來照顧我。」

「……………………………………………………」

這傢伙……這麼快就學以致用。

我抬頭望天。

到底哪邊是正確答案？

去？還是不去？

若是回到「設施」，我會面臨季秋人、無數的幻肢殭屍，以及不知為何物的季曇春。

若是拋下一切，那我就能將南、葉藏、科塔安全帶離這座即將毀滅的城市。

根本沒有猶豫的空間吧？

一旦把這兩個狀況擺在一起，就能輕易地明白應該選哪條路。

但是——

「葉藏，抱歉。」我將葉藏輕輕推開，「我覺得故事沒有結束。」

腦中浮現了季曇春的笑容。

不管「設施」中的季曇春是什麼，我都無法容忍她以季曇春的身姿站立。

我必須去解開這個謎。

「而且——」我看著躺在地上、模樣悽慘無比的南。

為了季秋人，她成為了病能者。

為了季秋人，她失去了一條腿。

為了季秋人，她想要將他拉離季曇春的幽靈。

但這樣的付出，只換來季秋人的狠狠傷害。

「我想給季秋人一拳。」

聽到我這麼說，葉藏微張著嘴，露出驚訝的表情。

但我是說真的。

「那張臉長得跟我一模一樣，要是不給他一拳，我吞不下這口氣！」

Chapter 7 季曇春復活的真相

「好久不見。」

「……………………………………………………」

當我重回「設施」後，我馬上就陷入無法思考的狀態。

「你怎麼了？當機了嗎？」

戴著水晶王冠、穿著白色禮服的季曇春伸出手來，不斷在我臉前揮舞。

「就算這麼久不見，也不用露出這種表情吧？」

季曇春伸出雙手，拉了拉我的臉頰，強自把笑容扯出來。

「這樣好多了——噗哈。」

她忍俊不住笑了出來，看來我現在的臉應該一點都不好。

「……………」

我還是說不出話來，震驚到一句話都說不出來。

季曇春的模樣，就跟生前一模一樣。

據南的說法，隨著時間過去，季曇春的模樣越來越像個活人。

但等到我親眼見證後，我才明白她的話是什麼意思。

眼前的季曇春能目視、能碰觸、能對話，有自己的情緒和思考能力。

這已經不是活人的等級了。

這是完全的死而復生。

就跟神花了七天創造世界一樣。

就在經歷了七天的時光後，季曇春重回現世。

「別呆站在門口。」季曇春拉住我的手，露出笑容道：「快進來吧，讓我當中間人，幫你和季秋人和好。」

完全無法反應的我就這樣被季曇春帶入了「設施」中——不對，我並不是無法反應，而是根本不想反應。

我希望眼前的季曇春是事實，我希望她的死亡從沒發生過。

雖然知道不可能，但若她真的復活了，那會是多麼美好的一件事啊。

因為不管怎麼說，她握著我的手都太溫暖了。

那份溫暖就跟回憶中一模一樣，沒有任何分別。

我看著季曇春的背影，忍不住開始思考一個問題。

若今天真有一個陰謀者——或者該說是幕後主使。

他是基於怎樣的目的，製造了這樣的季曇春出來？

「讓季曇春死而復生」這件事，到底是對誰有好處呢？

一間白色房間中，擺著一張餐桌。

在幻肢殭屍的引導下，我坐了下來。

靠著家人製造的病能，季秋人似乎能完美操控這些幻肢殭屍。

看著這些宛如殭屍的人做出服務生的舉動，給人一種非常奇異的感覺。

「歡迎。」

季秋人和季曇春手牽著手走了進來，坐在我對面。

「很開心見到你，季武。」季秋人向我露出笑容。

「……真是親切啊，又想做什麼了？」

「你就放下戒心吧，我並沒有安排什麼詭計。」

季秋人拍了拍手，幻肢殭屍排成一列，將各種山珍海味端上了桌。

「我只是想跟你吃個飯而已。」

我發動病能探查這些菜，確認裡頭沒有下毒。

看來他說沒有搞鬼確實是事實。

「畢竟之前給你添了如此多麻煩。」季秋人舉起桌上的酒杯說道：「這桌飯，就當作是我給你的賠罪吧？」

「……」

當然，我沒有舉起我的酒杯回應他。

「季武，別這樣，季秋人已經有在反省了。」季曇春走到我旁邊，為我倒了一杯酒說道：「看在我的面子上，就請你既往不咎吧。」

我身旁的季曇春，眼中有著期待的光芒。

那個閃亮且富有生命力的眼神，就和她生前一模一樣。

閉上眼，我發動三感共鳴。

身旁的季曇春確實是真的，我可以探測到她的體溫和生理跡象。

但古怪的是，我讀不到這個人的思考。

雖然真的要完全看穿一個人，必須要開到四感或是五感共鳴。

不過在三感共鳴的狀態下，完全讀不到一個人的思緒也太奇怪了。

「……我覺得，我被季秋人恨是應該的。」睜開眼的我，認真地說：「因為，我殺了他最重要的家人——殺了季曇春。」

「那都是過去的事了。」季曇春搖了搖手笑道：「既然我都復活了，那根本就不用在意這種事吧？」

「曇春姊說得對。」季秋人接著說道：「在她重生後，我發現我對你的恨也消失了。想想這也是當然的，因為我根本就沒有恨你的理由了。」

一開始時，季曇春給了季秋人不穩定的自我。

透過季曇春，他認識到何為「季秋人」。

然而在季曇春被我殺死後，這個根基消失了，他失去了立足之地。

於是，他轉而恨我。

他必須抱持恨我的執著，才能確定自己是誰。

可是，季曇春重生了。

回歸初衷的季秋人，再度穩定下來。

「所以——對不起。」

我從沒想過，我有聽到季秋人道歉的一天。

我原本以為他對我的恨，會持續一輩子的。

「抱歉，之前那麼恨你。」

「……………」

看著低下頭來的季秋人，我啞口無言。

充滿誠意的道歉來得如此輕易，讓我一時之間懷疑自己在作夢。

「現在只要你原諒他，這段因緣就了結了。」季曇春拍了拍我的肩膀，「沒有任何人恨誰，不是很好嗎？」

我轉頭看了看季曇春，又看了看季秋人。

季曇春再度將酒杯推近我。

「就當奇蹟出現，時光倒流，一切都沒發生過，如何？」

想必只要我點頭，喝下眼前的酒，就會是皆大歡喜的結局吧？

但是，這樣真的好嗎？我真的能將這一切都當作沒發生過嗎？

這一年來，我明明這麼痛苦。

明明深深被這個過去所禁錮。

——永遠無法治癒的痛楚。

無法消散的心痛，讓我作了一年的惡夢。

——若是那時做出不同的選擇，若是那時更加努力些，是否就會有不一樣的結局。

我無數次這麼想。

「季曇春。」

「嗯？」面對我的呼喚，季曇春露出笑容。

「坦白說，我一直好想跟妳道歉。」

「我並沒有放在心上，但你若真的那麼在意，現在的我很願意接受你的道歉。」她露出俏皮的笑容說：「反正我會馬上原諒你就是了。」

這個豁達和隨意的模樣，就像是生前的她。

「不過，我無法跟妳道歉。」

「喔？」

「因為，我不覺得妳是季曇春。」

「你在說什麼啊？季武，這玩笑一點都不好笑。」季曇春笑道：「我就是季曇春，還是你要問我問題確認我的身分？」

「不，就算妳外觀、記憶、人格都和季曇春一樣，對我而言，妳依然不是季曇春。」

「你這麼說也太奇怪了吧？」

季曇春扠著腰，撫著自己的胸口問道：

「就算我像季曇春一樣說話，我對你仍不是季曇春？」

「不是。」

「就算我和季曇春一樣行動，我對你仍不是季曇春？」

「不是。」

「就算我的外觀、內心、情感都和季曇春一樣，我對你仍不是季曇春？」

「不是——不管怎樣，妳都不是。」

即使聽我這麼說，大度的季曇春仍舊沒有生氣。

「那我倒有些好奇了。」她露出期待的表情說：「對你而言，怎樣的存在才算是季曇春？」

以這麼近的距離看著季曇春的笑容——

我將刀子刺進季曇春身體中的景象，無法控制地從腦中復甦。

於是，我一字一頓地說：

「……會讓我心痛的存在。」

「喔？」

「季曇春是……會讓我痛到永遠無法忘懷的存在。」

「幻肢」——一種從失去肢體中延伸出來的認知疾病。

我終於明白了。

為何季曇春會死而復生。

只是，這個真相非常悲哀，悲哀到幾乎不忍卒睹——悲哀到我現在就想轉身逃開。

「永遠無法填補的失去，這就是我心中的季曇春。」

不能逃，絕對不能逃！

我以幾乎要咬碎牙齒的力量咬緊牙關，忍住心中想要逃避的衝動！

這不只是為了我，也是為了季秋人——更是為了死去的季曇春。

——雖然身體已被切除一部分，大腦卻誤會它「仍然存在」。

「就算妳和季曇春完全一樣，妳對我來說依然不會是季曇春！」

心中好痛！就像被刀刺傷一般！

——因為有了失去的疼痛，才能靠著這股疼痛再生。

我捂著疼痛無比的胸口，對眼前露出美麗笑容的季曇春喊道：

「對我來說——

「曾經被我殺死的季曇春，才是真正的季曇春。」

就是因為有了這股疼痛，我才走到了今天這步。

我雖然懊悔，卻不後悔。

雖然我做得不是那麼好，卻也不想走回頭路了。

「當我殺了妳以後，才出現了救贖大家的謊言！」

南因此得救了，她拋棄憎恨，陪在季秋人身邊。

「當我殺了妳以後，雨冬讓我發現了晴姊真正的祕密是什麼！」

季晴夏不知道停下自己腳步的方法，她只能不斷前行，傷害他人和自己。

「就是因為殺了妳，我才能和葉藏談論何為軟弱！」

我要站在大家身邊，用軟弱理解大家，與大家一同前行。

我無法當作這些都沒發生過。

——季曇春對我露出「這樣就好」的笑容消失。

「人死不能復生，這是世間常理。」

這也是院長曾經說過的話，也是根本不用強調的實話。

「我無法當自己沒殺過季曇春！」

——砰！

我將桌上的酒杯掃到地上，杯身裂成碎片。

抹掉一切，當作一切都沒發生過。

對我來說，那才是真正對不起季曇春的行為！

「真是自私啊。」季曇春無奈的說：「不過是為了自己，就想全然否定站在你面前的我嗎？」

「是的，我是自私。」

「——擁有斷定他人為邪惡的勇氣。」

「但是，我是為了自己心中的正確而自私的！」

發動病能，我將自己的右手硬化。

「妳——」

我閉上雙眼大喊：

「是不該存在的啊啊啊啊啊啊————————！」

——噗！

我將手插入季曇春的心口！

第二次——

殺掉了季曇春。

刺出來的傷口很快就消失了，就像是從沒發生過一般。

——砰！

季曇春帶著笑容倒下。

彷彿融解似的，躺在地上的季曇春外表逐漸剝落——變成了另一個人。

「看清楚了，這就是季曇春死而復生的真相。」面對季秋人，我咬著下嘴唇緩緩說道：「這座『設施』充斥著幻肢殭屍，也就是說，『幻肢』這樣的認知填滿了整個空間。」

要是能用四感共鳴或是五感共鳴，或許我能更早發現這件事——或許我就能不讓季曇春復活到這樣的地步。

「我們不知不覺地被這個認知疾病感染，也就是說——我們也同樣得到了『幻肢』。」

「幻肢」這個疾病，會產生失去的東西其實沒有失去的假象。

「因為失去了身體的一部分，無法適應的大腦因此不斷產生疼痛的訊號，來提醒我們『那個重要的東西應該存在』、『那個東西其實沒有失去』。」

藉由疼痛再生——幻痛再生。

「本來這樣的現象只是產生在肢體上。」

失去的腳彷彿存在一般疼痛。

失去的手彷彿存在一般疼痛。

失去的眼彷彿存在一般疼痛。

「只是沒想到，過度濃烈的『幻痛再生』，竟讓我們連『完整的人』都再生了！」

我指著倒在地上——那個曾經是季曇春的人。

「她——『季曇春』就是我們再生出來的產物！」

我將季曇春視為季晴夏的普通人版本。

季秋人將季曇春視為自身存在的根基。

南則是將季曇春視為重要無比的生存意義。

我們三人都有一個共通點，那就是——

我們非常珍惜季曇春，我們將她看成比家人還珍貴的存在——看成「內心的一部分」！

「是我們的『心痛』，讓季曇春復活的！」

這次的凶手是我們。

陰謀者和幕後主使也是我們。

失去了季曇春後，我們產生了心痛。

吸取我們的心痛，「幻痛再生」這個病能，將季曇春依然存活的幻相呈現在我們面前。

——為何只在這個「設施」中看得到季曇春？

因為只有這邊瀰漫著高濃度的「幻肢」病能。

——為何只有我、南、季秋人看得到季曇春，葉藏卻看不到？

因為只有我們，擁有對季曇春的心痛。

——為何碰得到季曇春？為何季曇春擁有人格？為何季曇春可以自我行動？為何季曇春可以自我思考？為何季曇春擁有過去的記憶？為何季曇春可以和我們心中的季曇春這麼相似？

「因為、因為……」

——為何季曇春出現了？

「因為……是我們這麼希望的……」

我的聲音開始哽咽。

沒有人希望自己失去重要的事物。

「幻肢」就是因此誕生的疾病。

藉由疼痛再生存在感，讓人因這股疼痛誤以為消失的事物依然存在。

我們內心永遠無法消失的痛楚和空洞，誕生了這個「季曇春」。

所以，她才能擁有人格、記憶和一切。

一開始時，這不過是我們的想像。

但隨著時間過去，她吸取越來越多我們的心痛，也因此變得越來越強壯。

這個鮮明的幻相附身在隨機一個幻肢殭屍上，誕生了具體的「季曇春」。

所以發動病能的我，才感受到了她的生理跡象，卻看不見她的內心。

因為本質是幻肢殭屍的她，自然沒有自己的想法。

院長說得對。

人死就不能復生，永遠不能。

這就是一切的真相——慘不忍睹的悽慘真相。

「你想要說的就這些了嗎？」

出乎我意料，季秋人的表情非常平靜。

「什麼就這些……？你到底有沒有聽清楚啊？」我指著地上的屍體說道：「這是我們的心痛所產生的幻覺，季曇春根本就沒有復活——」

「不，曇春姊仍在啊。」

「你到底——」

看到我再度殺死「季曇春」，我本來以為他會痛哭，或是崩潰大叫的。

但這些情緒他都沒有。

季秋人的表情完全沒有改變，臉上帶著無所謂的微笑。

這個與我相同的笑容，讓我看了不禁膽寒。

「曇春姊就在這裡啊。」

季秋人指著站在他旁邊的幻肢殭屍說道：

「你看，她不就在這邊嗎？」

此時，汲取季秋人的心痛，他身邊的幻肢殭屍變成了「季曇春」。

「看啊，她不就在這邊嗎？」

隨著他的視線，第二個、第三個「季曇春」出現。

「你看你看——這麼多曇春姊，你到底在胡說什麼，她根本就不可能死。」

第四個、第五個、第六個、第七個、第八個、第九個、第十個——

「你、你——」

「這些不全都是曇春姊嗎？」

最後——全部的幻肢殭屍都變成了「季曇春」。

「瘋了……你根本瘋了……」

季秋人心中的空洞和心痛竟如此巨大，足以將所有人變成「季曇春」。

看著這樣異常的情景，驚懼的我不斷倒退。

「瘋了？你在說什麼？」季秋人一臉納悶地看著我說：「能被所愛之人圍繞，難道不是一種幸福嗎？」

「你這不叫幸福，叫逃避！」我指著身邊這群「季曇春」說道：「你只是不肯接受她死去的事實而已！」

「你說的話怎麼跟南一樣？」季秋人皺了皺眉頭，「算了，本來我想要依照曇春姊的願望跟你和解的，但現在看來是不行了。」

季秋人手一揮，無數的「季曇春」帶著笑容朝我逼來。

「妨礙我和曇春姊相處的人——格殺無論。」

離「和」墜毀的時間：十分鐘。

——嗶！嗶！嗶！嗶！嗶！嗶！嗶！嗶！

我腕上的黑色手環不斷發出警告聲。

變成「季曇春」的幻肢殭屍拖著腳步向我走來，包圍住我。

她們的行動和剛剛那個完整的季曇春不同，比較近似於一開始我看到的幻肢殭屍。

稍加思考後，我很快就知道這是為何。

要變成剛剛那個可以獨立思考和行動的季曇春，是需要時間的。

幻肢殭屍需要吸收更多我和季秋人的心痛，才有可能變成那副模樣。

現在變成「季曇春」、朝著我走來的幻肢殭屍，不過是剛出生的劣質品而已。

——轟！

此時，「設施」不斷劇烈震動，照明的燈光就像打雷一般，不斷閃爍。

這裡是「和」的正中心，假若這邊是率先崩毀的地方——

如今要是再不離去，我就要跟著這群劣質「季曇春」一起死了！

「你聽好，季秋人！」

一個「季曇春」抓住我的手，我一把將其揮開。

「『和』再十分鐘就要墜落了！」

就算揮開也沒用，第二隻、第三隻——無數隻「季曇春」的手朝我伸來！

「那又如何？」

「你要是繼續待在『設施』中，就連你都會跟著死掉！」

「我不會離開的，要是離開的話，我不就看不到曇春姊了嗎？」

「我再說一次！她已經死了！」

我拚命揮開「季曇春」們向我抓取的手！

「離世的她，根本就不想看到你現在這副模樣。」

「她沒死，她還活著，就在我的身邊。」

完了，根本說不通。

他已深陷於自己的軟弱和幻痛產生的再生。

——轟！

在這聲大響後，「設施」傾斜了一下！

「要是再不逃，那你和這些『季曇春』都會死，這樣也沒關係嗎？」我換了一個角度勸說他：「難道你不想救這些『季曇春』嗎？」

「我再也不想看不到她了。」季秋人露出平靜的微笑，「若要選擇的話，我寧願與她一起死。」

「那南呢！南怎麼辦？」我大喊：「為了你，她付出了多少努力！她並不希望你死啊！」

「那又如何？她無法理解我對曇春姊的感情，又怎麼能叫做為我努力？」

「你別太過分了！」我握緊拳頭，「你連誰對你是真正重要的人都搞不清楚嗎？」

「……」

「你明明早就發現事實了！明明早就知道了一切！」

因為，你稱呼這些「季曇春」為「曇春姊」。

就是為了彌補過去的缺憾，你才這麼做的。

「過去的你一聲都沒叫出來，你現在卻稱這些『東西』為『曇春姊』？」

「……吵死了。」

有反應了。

刺激到他了。

我把握著這個轉機，繼續大聲說道：「所有人都是『曇春姊』？別笑死人了！這難道不是重要且唯一的事物嗎？」

「我說你啊……吵死了！」

「就是因為你從沒滿足過她的願望，她才將你變成了季武，才差點抱著遺憾死去！」

「吵死了吵死了吵死了吵死了吵死了吵死了吵死了吵死了吵死了吵死了吵死了吵死了吵死了吵死了吵死了吵死了——————！」

季秋人抱著頭拚命搖晃。

「你的心痛之所以如此巨大，足以將所有人變成『季曇春』——」

我以他絕對聽得見的聲音喊道：

「不就是因為你比誰都還明白，她已經死掉了嗎！」

——啪！

「設施」再度發出奇怪的巨響。

「我現在知道了！」

捂著瞎掉的左眼，憤怒的季秋人大喊道：

「我不可能跟你和解，你是必須抹殺的存在——！」

季秋人手一揮——無數笑著的「季曇春」抓住了我的衣服。

再也不能手下留情了，我揮出硬化的手，斬斷這些「季曇春」的手。

但是這一點用都沒有！

靠著「幻痛再生」，她們再度長出了手來抓住我。

「嗚……」

她們的本質還是幻肢殭屍，要阻止她們的動作，必須完全奪走她們的肢體或是生命力。

蹲下身子，我模仿葉藏的斬擊，用手劃出一道圓弧狀的光！

所有「季曇春」的雙腿被砍斷，倒在了地上。

這些「季曇春」雖然馬上就長出新的腿，但那只是幻覺，她們已無法再次站起。

不過事情並沒有就此結束，倒在地上的她們，以匍匐前進的方式朝我爬來。

「嗚……啊……」

我別過日光，不忍看向地上的「季曇春」。

因為即使變成這副模樣，她們臉上的笑容依然像是原本的季曇春……

——嗶！嗶！嗶！嗶！

「五分鐘！五分鐘！五分鐘！」

手環發出的警告聲，讓我的腦袋更加混亂。

再五分鐘，一切就要結束了。

因為來不及的關係，我已無法用正常的方式離開「和」。

「別過來！」我大喊。

不管上、下、左、右都是「季曇春」。

我已幾乎看不到遠方的季秋人。

數不清的「季曇春」填滿了整個房間，讓我的眼前滿是過去的懊悔。

必須、必須狠下心來——

我努力忍住身體深處的反胃感，想要用劣化版的葉藏斬擊開出一條路！

但是，砍哪裡呢？

雖然理智知道砍頭是最有效的方法，但是、但是——

看著季曇春的笑顏，我的手不斷顫抖。

心中的巨大牴觸感，讓我完全下不了手。

「季武。」

突然，一個「季曇春」開了口。

「季武。」

「季武。」

「季武。」

「季武。」

「季武。」

「季武。」

——無數「季曇春」同時開了口！

那是與季曇春一模一樣的開朗嗓聲。

數百名「季曇春」雙手張開，朝我抱了過來！

「嗚啊啊啊啊啊啊啊啊啊啊————！」

被逼到極限的我揮出手，將眼前「季曇春」的頭全都砍斷。

討厭的感覺從手中復甦，讓我聯想到一年前殺死她的觸感。

「嗚、呃——」我捂住嘴，差點吐了出來。

可是，即使這麼勉強自己，我依然沒能改變什麼。

我的做法不過是杯水車薪，就算殺了十個「季曇春」，清出一小片空間，但很快地，這片空白就被後面大量的「季曇春」補了起來。

「別再過來了！」

我不斷揮舞著手威嚇，想要逼退持續逼近的「季曇春」。

「不要再過來了啊！」

要是有地獄，想必就會是現在這般模樣吧。

「我不想再殺了妳啊啊啊啊啊啊啊啊——！」

我不想再永無間斷地經歷那個最為慘痛的回憶。

——嗶！嗶！嗶！嗶！嗶！嗶！

「三分鐘！三分鐘！三分鐘！三分鐘！」

——轟隆！

不斷響起的警報和「設施」的異響侵蝕了我的腦袋，讓我幾乎無法思考。

然而，不管是多麼大的聲響，都沒有掩蓋住眼前之人的聲音。

「季武。」

所有「季曇春」再度一同喊出我的名字，張開了雙手！

我反射性的揮動手臂，想要砍斷這些人的頭——

「季武——」

所有季曇春以豔麗無比的笑容同聲問道：

「——你又要殺死我了嗎？」

「————！」

那不過是一瞬間的猶豫。

但就在我停住動作的短短一剎那，一切都結束了。

大量的「季曇春」撲了上來，抱住我的手、我的腳、我的頭、我的身體——

被無數的「季曇春」掩埋，我的視線陷入一片黑暗！

「我不要死……」

我不斷掙扎，想要掙脫束縛。

要是過去的我，我一定會為了向季曇春贖罪而死在這邊。

「但現在的我，還有很多重要的事要做……」

我想追上晴姊、想要給雨冬幸福。

我不想讓葉藏和葉柔經歷我曾經嘗過的心痛。

被人肉填滿的視野，再也看不到任何事物，就連張嘴呼喊都做不到。

「——要是一個人追不上，那就兩個人一起追吧。」

所以、所以……

我在心中大喊。

快來個人救救我啊——！

——砰！

一聲槍響劃破了這道黑暗，將我眼前的大量肉體割開！

一道光明從裂縫中射了進來。

接著又是無數道的槍響，我眼前的「季曇春」全數被射倒！

咦？這狀況……？救我的人該不會是——？

我瞇著眼，適應逐漸由暗轉亮的視野——

結果，只見一道高又帥氣的背影擋在前方。

「謝謝你，季武先生。」

拄著拐杖的南回頭向我露出淺笑：

「接下來，就交給我吧。」

——嗶！嗶！嗶！嗶！嗶！嗶！

「一分鐘！一分鐘！一分鐘！一分鐘！」

無數細碎的小石子從「設施」天花板落下，打在我們的頭和肩上。

但現在的我已無暇分心去注意這事。

「妳、妳怎麼會在這裡……？」我訝異地問身前的南：「這裡不是快要毀滅了嗎？妳不是應該和葉藏、科塔一起逃離『和』了嗎？」

「大家都沒逃。」南微笑道：「葉藏以理所當然的態度說：『主人不走，那我就陪在這邊和他一起死。』真是幸福啊，身邊有這樣的女孩子。」

「……那個傻瓜。」

「她身旁的科塔也雙手高舉喔，雖然我不是很懂她想表達什麼就是了。」

「嗯……」

雖然想責備她們為什麼要這麼做，但不能否認，我因為這樣的事實而感到開心。即使面臨人生最後一刻，依然有人在等待我，這是多麼令人感到溫暖的一件事啊。

「南！就連妳都要背叛我嗎！」

季秋人一手捂著左眼，一手指著南大喊：

「妳現在到底在做什麼！」

「我承諾公主殿下這輩子都要奉獻給她，於是在她死後，我開始陪伴你、照顧你——我想成為你的家人。」

「那妳現在為什麼——」

「因為我是你的家人。」

南打斷季秋人的話後，微笑道：

「那麼在你做錯事時給你點教訓，也是家人該負的責任，對吧？」

「…………」

聽到南這麼說，季秋人神情震驚。

「季武先生，請待在我身後吧。」

南緩緩舉起枴杖，用雙手托住。

「妳想做什麼……？」

仔細一看，她的狀況跟之前一樣糟糕。

衣服破破爛爛、體力所剩無幾，全身也都是傷痕。

「還能做什麼？」

面對前方數百、數千名「季曇春」，南露出帥氣的笑容。

「都到這個地步了，當然是放大絕啊。」

她緩緩一拉手杖——

杖柄和杖桿的部分分開，暴露出杖柄其實是一把短槍的事實。

若只是一把普通的短槍，根本不可能扭轉戰局。

但是我看到了，那柄短槍上頭，有著白色的蝴蝶記號。

「病能槍……」

「而且裝著『感官共鳴』的子彈喔。」南握著病能槍說道：「這是我在『祕密之堡』用的武器，也是公主殿下賜給我的物品。我變成病能者後，將其改造成了拐杖握柄，隨身攜帶。」

「等一下，妳不已經是病能者了嗎？這把病能槍理應對妳一點用都沒有了吧——啊！」

我腦中閃過一個可能性。

莫非、莫非南想要——

「沒錯，就像你想得那樣。」

南將槍抵在自己的太陽穴上。

「我要用它來強制提升自己的病能。」

——砰！

南將「感官共鳴」的病能灌入自己體內。

「等一下！妳已經快到極限了，要是這樣勉強自己——」

「我知道。」

——砰！

「妳可能會因為過度運算變成殘廢或是大腦損毀啊！」

——砰！

「我知道，我已經做好覺悟了。」

南說得雲淡風輕，像是完全不在意。

她閉上眼——接著馬上張開。

她的瞳孔雖已變成了三，但她仍沒有停止開槍。

「我是季秋人的姊姊！」

南的嘴角流下血絲。

——砰！砰！砰！砰！砰！砰！砰！

她接連朝著自己開槍！

「既然是姊姊，那即使犧牲自己的性命，也要保護弟弟！」

那個凜然的身姿，讓我一瞬間將季晴夏的身影和南重疊在一起。

即使承受全世界的恨，她依然想要創造一個我和雨冬能生存的世界。

「啊啊啊啊啊啊啊啊——！」

瞳孔變成四的南，不斷灌入遠超她所能承受的病能。

她的頭髮逐漸變白，接著由白轉灰，就像燃燒僅存的生命力一般！

雖然還不到五感共鳴的程度，但現在的南，已經介於四感和五感共鳴之間了！

「季秋人！」

南向前踏了一步，舉起手中的槍。

「這就是——姊姊的怒火啊啊啊啊啊！」

接下來發生的事只是一瞬間。

沒有人看清發生了什麼，就連三感共鳴的我都沒看到。

一聲槍響——接著所有「季曇春」的脖子都斷了！

——啪！

成千上百名「季曇春」倒了下去，整齊得就像同時倒下！

不管是我和季秋人都嘴巴大張，對眼前的情景感到不敢置信。

「準備好了嗎？」

南呼了一口氣，收起槍後捏著拳頭，發出「啪啪」的聲響。

從她身上散發出的大量寒氣，讓我和季秋人不禁顫抖起來。

踏著重重的腳步——踏著「季曇春」的屍體，南走到了季秋人的身前。

——砰！

毫不猶豫的，南給了季秋人肚子一拳！

這重重的拳頭，讓季秋人飛了十公尺那麼遠，砰的一聲撞在牆上的他，令牆壁出現放射狀的裂痕！

…………………………………………他沒死吧？

若單純從這結果來看，他被我打一拳可能還好點呢。

南再度走到跪倒在地上，不斷咳嗽的季秋人面前。

「季秋人。」

「別、別過來——」

面對臉帶微笑的南，季秋人不斷後縮。

但是南沒有放過他。

她雙手抓住季秋人的領子，將他高高舉起。

——砰！

南重重地將季秋人壓在牆上，讓他的身體深陷牆內！

真、真是恐怖……

之後絕對不能惹南生氣。

「現在知道我的心情了嗎？」

不只嘴角流出血絲，就連眼眶都淌下血淚的南，這麼問季秋人。

「我、我——」

「是男人就回答俐落點！」

「知道！」

「那你知道姊姊我接著想做什麼嗎？」

「做、做什麼？」

「我啊，我想——」

我本以為南又會再打季秋人一拳，沒想到她並沒這麼做。

——啪。

南抱住了季秋人——緊緊抱住！

「抱歉，這樣打了你。」

抱著季秋人的南，突然向他道歉。

「咦……」

這個急轉直下的發展，讓季秋人有些呆愣。

「我知道不管我做了什麼，不管我多麼努力，我都永遠及不上公主殿下。」

就像水龍頭轉開一般，無數血絲從南的嘴邊淌下。

「所以……我根本就沒資格像個姊姊那般教訓你……」

季秋人的背被這些血染成一片紅，但他並未發現——就像他一直沒發現南對他的付出一樣。

「這一年來，我雖陪伴在你身邊……但你始終沒有得到救贖……」南的雙眼逐漸失焦，「真是悽慘啊，口口聲聲說想要為公主殿下的重要事物獻身……卻什麼都沒做到，什麼都沒改變……」

她抱著季秋人的雙手因為無力而緩緩鬆開。

「我不斷思考，我能為你留下什麼……」

可能是感到背後有些溼黏吧，季秋人朝身後一摸——

看到滿是鮮血的手掌，他瞪大雙眼！

「我想……我的結局……就是我能給你的最後事物……」

「等一下，妳、妳的身體……」

「秋人……」

南露出美麗虛幻的淺淺笑容。

「若是之後有女孩子願意陪伴在你身邊……」

南的身體一歪，從季秋人身上滑落——

「不要……讓她落到像我這般下場……」

——砰！

隨著南倒在地上，黑色手環的倒數時間也結束了。我的手環發出「喀」的聲響，從我腕上脫落！

同一時刻——

「設施」開始巨幅搖動，就像是大地震一般。

「…………」

季秋人跪在地上抱著即將死去的南，彷彿失了魂。

此時——

圍繞在季秋人身旁的幻肢殭屍突然閃爍了一下。

這個改變非常短暫，要是一不注意就會看漏。

但是我確實看到了——

這些幻肢殭屍從「季曇春」的模樣，轉變成南的樣子。

「原來如此啊……」

季秋人正為南的死而心痛。

吸取了這股心痛，使得幻肢殭屍變成了南。

僅注視著季曇春的季秋人，眼中第一次看到了別人。

他並不是無可救藥。

「讓開！」我一把推開呆滯的季秋人。

就算「和」要毀滅了，我也不能讓南就這樣死掉！

雖然這樣可能影響我之後逃生的體力，但若是現在不救她，我一定會後悔！

「四感共鳴！」

我直接將病能開到四感共鳴，想要拯救這個愛逞強的女子。

眼前的世界慢了下來，恍若時間停止流動。

在這樣靜置的世界中，我開始進行手術。

「這……」

南的傷勢太嚴重了，過於勉強的使用病能，使得她的腦細胞損壞。

就算是四感共鳴的我也不能完全修復她。

開到五感共鳴？不行。

若是用了最大病能，救了她之後我就會直接昏倒。

為了救她而讓自己死去，某方面就等於是捨棄了雨冬她們。這對現在的我來說，並不是一個可以接受的選項。

我的手停在半空中。

真的要救南嗎？就算真的挽回了她的性命，她的後半輩子也必須在輪椅上度過。

身為病能者的她，若是失去了自由行動的能力，還能在這個滿是敵意的殘酷世界生存下去嗎？

說不定——讓她就這樣死去，對她來說反而是一種救贖。

「……拜託你。」

身旁傳來的微弱聲音，瞬間抹殺了我剛剛的猶豫。

「拜託你……救救她好嗎？」

季秋人低下頭，兩行淚珠滑落。

他到底是抱持怎樣的心情來懇求我這個仇人的？

是羞辱？是難過？還是痛苦萬分呢？

我不知道。

我唯一知道的只有一件事——

「我不想再失去家人了……」

在歷經這麼久的時光後，季秋人似乎終於找到了自己的家人。

我輕嘆一口氣，不知道這樣的選擇是對是錯，但我無法忽視這樣的哀求。

「我答應你。」

我治療了南，將她從鬼門關前拉了回來。

——轟！

我跌倒在地，大口喘氣。

「設施」的巨幅搖動，已達到幾乎要站不穩的地步。

解開四感共鳴的我，因為體力大幅消耗的關係而無法保持平衡。

季秋人背起治療完畢的南，站了起來。

「……」他看著我，一言不發。

此時——

啪的一聲，「設施」出現一條巨大的裂縫，隔開了我們兩個。

「快走吧……」臉上滿是冷汗的我揮手道：「要是再不給南更專業的治療……或是

讓她好好靜養……她也無法救回來。」

「嗯……」

在天搖地動的「設施」中，季秋人看著我問道：

「你會死在這邊嗎？」

即使發現我已虛脫倒地，他也沒有伸出援手的意思。

隔在我們之間的裂痕，就像是我們彼此之間的鴻溝。

「可能要讓你失望了……」我虛弱地笑道：「我會拚盡全力地活著。」

「那很好。」季秋人點了點頭，「這樣很好。」

我不清楚他說的很好是什麼意思。

是因為我活著，可以讓他繼續恨我？還是因為我活著，他之後會還我這份情呢？

我不知道。

不過，季秋人也沒有繼續解釋。

他轉過身去，準備帶著南逃離這座即將崩毀的「設施」。

「之後，我會再出現在你面前的。」

留下這句話後，季秋人往前跑去。

沒多久，兩人的身影就隱沒在黑暗中。

「接著——」

我閉上眼，專心調整自己的呼吸。只要有三感共鳴的體力，我應該就能平安離開這座「設施」，與葉藏她們會合。

——砰！

我感到地板一沉！

就像是陷入無重力的環境，我的身體往上一浮，接著再度落到地上。

「和」要墜毀了。

這麼先進的一座島，應該不會馬上失速墜落。

冷靜點，還有時間。

之前院長也說過了，為了怕死傷過大，她會將「和」移到大海上。

就算真的墜落了，我和葉藏也能靠著身體能力，帶科塔平安離開。

沒問題，一定沒問題的。

跟之前幾次的事件相比，這次一點都不勉強。

我站起身來！

就在我以為要成功度過這次事件時——

——一切都結束了。

「咦……？」

不是更大的危機襲來，也不是更多的敵人出現。

就如字面上說的——一切都結束了。

搖晃停止了，空氣中的騷動也停止了。

一切都恢復了平靜。

「怎麼會……？」

跟預想完全不同的演變，讓我呆站在原地。

「怎麼……會這樣？」

不管我等待多久，震動都沒有再發生，彷彿「和」完全沒遭遇過任何危險。

「不可能、這不可能！」

我發動病能。

但就算我將認知向上延展，從空中俯瞰「和」，得知的事實依然沒有任何改變——

「和」好好的飄浮在天空，什麼事都沒有。

「…………」

我感到寒毛直豎。

雖然眼前的景象一片和平——

但就某方面來說，這反而是更讓人害怕的發展啊！

「——在我死後，『和』會逐漸喪失動力和能源。」

院長不會說謊。

她說的每句話都是實話。

所以，「和」應該要因為喪失動力而墜落啊？

若是這一切沒發生，就表示、表示——

「莫非……

「院長……並沒死嗎？」

當我將這句話說出口時，幾乎要讓我凍傷的惡寒籠罩全身！

我不由得用最快速度跑了起來。

這起事件，根本就還沒結束啊！

終章

有什麼事不對勁！

一直以來，心中都有股違和感。

但我始終沒細想那是什麼。

我本來以為是我將「看到季曇春」這事拋在腦後的關係。

可是當我解決幻肢季曇春的事件後，心中的違和感並沒有就此消失。

「到底是什麼……我到底忽略了什麼？」

我不斷搜尋腦中的記憶。

「——只要將本體殺掉，現在的院長就會消失喔。」

沒錯，院長說的確實是實話。

當她被葉藏殺死後，她消失了。

「——我再也不會出現在你們面前。」

就如她所說的，她再也沒出現在我們面前。

然而為何「和」沒有墜落？為何現在看起來就像是院長還活著時的模樣？

等一下。我按住額頭，停下腳步。

這個狀況，好像在不久前才看過。

明明死了，卻感覺像是活著——

「啊……」

幻肢殭屍。

「這不就是『幻肢』這個疾病嗎！」

「幻痛再生」——靠著痛楚再生的病能。

當我意識到這點時，心中不祥的預感越來越巨大。

假若院長其實是想利用這個疾病的話，她會怎麼做呢？

以「幻肢」為基底，我翻攪腦中所有和院長的對話。

再思考一次，再從頭思考一次——

「——我是為了哪一天你身旁的葉藏能發現這件事，然後殺掉我。」

為什麼院長要葉藏殺掉她？

「——葉藏是個比誰都還善良、笨拙的孩子。」

「——其實我早就發現了，在她內心深處，她還是把我當作母親看待。」

因為將院長看作母親，所以親手殺掉她後，葉藏才會比任何人都痛苦。

「——她的溫柔誕生了痛苦，然後又因為這痛苦想要殺掉我，最後又因為殺掉我的緣故而產生更深的痛苦。」

失去了重要之人，就像失去了身體的一部分。

因為心痛，所以才思念，才會想像死去之人的模樣，並因此而更加心痛。

這股心痛的循環，會讓人一直回想死去之人的樣子——就像她其實並沒死。

「院長她想利用葉藏——想利用她心中的痛楚！」

我終於發現了！

「——別讓葉藏因為這份痛苦而死去——即使是自殺也不要。」

「她想要藉『葉藏的心痛』和『幻痛再生』的病能死而復生啊！」

就像季秋人將季曇春復活一樣，院長想要藉葉藏殺死母親的痛復生！

所以她才將扇子交給葉藏。

因為只要看到扇子，葉藏就會想起院長，就會因此而感到心痛。

「——只要將本體殺掉，現在的院長就會消失喔。」

這是實話構成的謊言。

「——院長這個存在將永遠消失，再也不會出現在你們面前。」

這也是實話構成的謊言。

「——永別了。」

這也是——那也是——

「全部——都是實話構成的謊言！」我握拳大喊。

就算「現在」的院長消失又如何？就算「存在消失」又怎樣？

若是她真的藉由葉藏的心痛死而復生——

她就會變成另外一個模樣出現在我們面前啊！

這也是為何「和」沒有崩壞的原因，因為院長已經復活了。

「可是……為什麼呢？」

不同於這座「設施」，葉藏並沒有被高濃度的「幻肢」病能籠罩。

她沒有辦法使用「幻痛再生」讓院長復活。

不過——若是她身上有「幻痛再生」的病能。

——腦中閃過了葉藏手上的黑色手環。

若是手環裡頭裝有「幻痛再生」的病能，這一切就能成立了。

「那個手環……」

那個手環不斷吸取葉藏的心痛，然後再一點一滴的將院長再生出來。

手環上的倒數計時，是「和」的末日計時，也是手環解開的倒數——

同時也是院長完全復活的終點線。

「不過，為什麼呢……？」

為什麼……科塔手上也有那個手環？

——心中突然被重重的不安壓住！

我捂著胸口，感到有些喘不過氣來。

我有預感，我正靠近一個不得了的真相。

但就算再怎麼不願意，我都不能逃避，我必須繼續想下去——

科塔並不認識院長，院長之死不會讓她心痛。

所以裡頭裝的不是「幻痛再生」的病能。

那麼，這個手環是做什麼的呢？

「——只有人類能統治人類。」

人類？只有人類？

所以，院長想做的，其實是葉藏那邊啊！」

「真正有危險的，其實是——

我真傻！竟然到現在才發現這件事！

我再度全速奔跑起來，「設施」的出口就在眼前。

「本以為，科塔是在我和葉藏的教導下，逐漸從一個空殼變得像正常小孩……」

假若事實並非如此呢？

假若她越來越活潑、越來越像是個人類——

其實是正在變成別人呢？

當我推開出口的那刻，一道光線從外頭射了進來。

過於劇烈的光暗改變，讓我瞇起了眼。

等到眼睛適應這股光亮後，結束的光景展現在我面前。

那是一個，再也無可挽回的慘痛結局。

「——————！」

科塔抱著頭，發出無聲的哀號，她的黑色手環正閃耀著詭異的光芒。

雖然葉藏和我的手環已經脫落，但科塔手上的仍在。

科塔緊緊抱著腦袋，就像是裡頭有什麼東西正在侵蝕她的精神。

「科塔！怎麼了？」還沒意識到發生什麼事的葉藏，緊張地喊道：「妳怎麼了？」

從未有過任何表情的科塔，露出了痛苦無比的神情。

她張開小小的嘴，但不管怎麼開闔，她都喊不出聲音。

「回答我啊！妳到底怎麼了！」

葉藏蹲了下來，捧著科塔的小臉不斷察看。

但從外觀看來，根本就看不出任何不對勁。

真正的異常，位於科塔腦部的深處。

「科塔！科塔————！」

不管葉藏說了什麼、做了什麼，科塔都沒有回應。

我感到她身上「科塔」的感覺越來越淡、越來越淡——

「另一個人」的氣息，逐漸取代了原本的科塔。

「科塔————！」

就像是配合葉藏的哀鳴，手環上的詭異光芒大盛！

就在科塔要完全消失的最後瞬間——

我第一次——也是最後一次看到了。

總是像個空殼一般的科塔，展現出了屬於她的情感。

看著面前的葉藏，科塔眼中流露出依戀之情。

她顫抖的伸出手去，似乎是想將心中的情感透過動作表現出來。

一開始時，她高舉雙手萬歲，但她隨即發覺這樣不對。

接著她低頭難過，但她也發現這個動作並非她所要。

最後，她顫抖的小手緩緩前伸——

繞到了葉藏身後。

「科……塔？」

無視葉藏的驚訝，科塔輕輕擁住了葉藏。

就像是道謝、就像是不捨、就像是道別——

科塔將頭靠到葉藏的肩上，露出淡到幾乎看不見的笑容。

時間彷彿定格。

看著這樣的情景，我不禁希望時間能永遠停在這邊，再也不要繼續流動。

然而，這是不可能的。

殘酷的現實終究會到來。

——喀。

隨著這聲響，科塔的黑色手環脫落。

她臉上的淡笑消失，轉為高雅的笑容。

「好久不見了，葉藏、季武。」

真是諷刺啊，我竟在這種狀況下，第一次聽到科塔的聲音。

科塔緩緩離開葉藏的身體，並順手從她懷中抽出扇子。

葉藏呆呆跪在地上，看著眼前變得完全不一樣的科塔。
就如我所料——但我是多麼希望我猜錯。
院長透過手環吸取葉藏的心痛，並藉著裡頭的「幻痛再生」悄悄再生。
然後，這個手環將復活的人格和認知，透過手環傳到科塔腦中。
花了七天的時間——
院長用科塔的肉體復活了。

「季武。」
科塔轉頭面向我，微笑道：
「我回來了。」
「……………」
科塔的聲音既清澈又透明，就和她的外觀一樣，一片純白。
只是，在這片純白中，存在的已是一個再混沌不過的執念。
科塔輕搖扇子說道：
「我雖曾說過人死不能復生，但我不是人類，所以這不算是說謊吧？」
「因為妳是虛擬程式，所以可以復生嗎？總覺得像是詭辯呢。現在的妳和之前的院長，真的是同一個人嗎？」
「我也不知道，說不定有細微不同吧，不過那一點都不重要。」

「不重要？」

科塔笑了笑，並沒有對此進一步解釋。

「季武。」她走到我面前，指著我的手說道：「其實，你的黑色手環也有吸取你對我的心痛喔。」

「我……？」

我也有……因為院長的消失而心痛嗎？

不，若是往這方面想，說不定連她最後找我道別，都是她布好的局。

——為了讓我心痛。

還是一如既往，周密又可怕，超出人類常識的計策——就像是季晴夏一般。

「我也曾說過，你是毫無雜質、完整認知到『院長』這個存在的人。所以，雖然靠著葉藏和你的心痛復甦，但我也同時需要你對『院長』這個人的認知。」

「啪」的一聲展開扇子，科塔用扇面遮住下半張臉說道：

「靠著你的手環收集到的資料，以及我原本電腦中儲存的備用人格，我終於花了七天的時間，將院長的一切灌入科塔心中，藉著她的肉體重現於世。」

她的動作，就跟我以往認知的院長一模一樣。

「所以……當初從季秋人手中救下我，為的也是這個嗎？」

為了搜集我的心痛，還有對院長的認知。

仔細想想，就連靠著手環封住我一部分的病能，都是院長計畫的一部分。

因為要是我有四感共鳴和五感共鳴，我很快就能發現這之中有著不對勁。

「沒錯。」科塔點點頭，「『唯有人類能統治人類』。所以，這次我所做的一切，不過就是為了一個目的——『以人類的姿態重生』。」

「因此……妳才利用了科塔嗎？」

「是的，憑著『幻痛再生』的病能，我本來就能復活。但若還是影像或是虛擬人格，那就一點意義都沒有了，所以我才用這麼麻煩的方式占據科塔的身體。」

「但科塔不是人類，她是病能者。」

妳不是說過，唯有人類能統治人類？

「放心，擁有肉體只是我的第一步。」科塔露出高深莫測的笑容，「之後我還有方法，能讓我徹底變成人類。」

「……原來，妳想變成人類啊。」

「正確的說法是：我想以人類的姿態，堂而皇之的站在眾人面前——統治人類。」

「但這樣的妳，真的能算是『院長』嗎？」

外觀不同了、聲音不同了、名字不同了。

就連存在都完全改變了。

「即使我和之前的院長有稍許不同又如何？就算我和她是不一樣的人又怎樣？如果是人類，或許會在意這種事，但我根本就不在意。」

科塔露出和院長一模一樣的笑容說道：「我是『世界和平』的執念，只要能讓我朝著我的目標前行，那就算全身上下都改變了——我還是我。」

院長舞動手中的扇子。

「我會以『僅存實話』的設定存在，傾盡一切手段實現我的野心。」

這瞬間——

科塔小小的身體中散發出一股強烈無比的氣勢，壓得我呼吸不順。

那是無論如何都要達到目的的巨大決心。

就算渾身泥濘、就算傷害了所有人，也會踏著腳步前進。

原來如此啊……

就是憑著這股堅定和執著，院長才追上了季晴夏嗎？

「院長……」

此時，始終一言不發的葉藏突然開口。

「什麼事？」

「當妳出現後……原本的科塔呢？」

「消失了。」

無法說謊的院長，說出了再殘忍不過的實話。

「本來她就和空殼無比接近，所以我才挑選了她。」

葉藏以嘶啞的聲音問道：

「是我的心痛……讓妳復活的嗎？」

「是的。」

「也是我的心痛……讓科塔消失的嗎？」

「是的，她因妳的溫柔而死。」

「…………」

「她消失了，徹底消失在這世上了。」

「嗚……」豆大的淚珠從葉藏眼中湧出。

「因為妳的溫柔，我才能復生——但同時也是因為妳的溫柔，導致妳失去了科塔。」

聽到這樣的言語，葉藏在科塔面前深深地低下頭，像是再也無法振作。

「謝謝妳，葉藏。」

科塔走到葉藏面前，拍了拍她的肩膀。

「謝謝妳殺了我，然後讓我可以殺了科塔復活。」

這句道謝，聽起來是多麼殘酷啊。

就連在一旁看著的我，都彷彿聽到了葉藏心碎的聲音。

拋下這樣的葉藏，科塔往前走去。

她露出笑容揮了揮手，接著——

無數蝴蝶機械人從遠方飛來！

占據了整個天空的蝴蝶，看起來就像是一大片七彩的雲。

這片五顏六色的雲猛然撲到科塔身上，將她團團圍住！

被大量彩色蝴蝶纏住的科塔，從外頭完全看不到任何一絲身影。

「我因世界和平這執念而構成——」

過了一會後，科塔的聲音從中傳出。

與此同時，圍住她的蝴蝶也跟著散開。

「接著，我因這執念而毀滅——」

身著層層和服的科塔，從蝴蝶群中緩緩走出。

「最終，我藉著這執念重生。」

無數蝴蝶聚在一起，形成一座長長的階梯。

科塔拖著身後的長髮，一步步登上了高空。

她以端正莊嚴的坐姿，坐到蝴蝶聚起的王座中。

「『和』——不，所有『滅蝶之國』的人啊。」

科塔的聲音和影像透過蝴蝶機械人，傳遍了整個首都——不，說不定也傳到了世界各地。

所有「滅蝶」的人都抬起頭，仰望著空中的白髮小女孩。

「吾就是『滅蝶者』，統治一半世界的王，也是率領世人邁向世界和平的存在。」

攤開扇子，院長露出高雅的笑容說道：「歷經了許久的時間和準備，吾終於能以這副模樣站在大家面前。

「所以——

「敬佩吾吧，崇拜吾吧，信仰吾吧。

「只要接受吾的領導，吾就會將你們想要的事物賜給你們。

「吾只會說實話。所以，吾的允諾必定會實現。

「記住吾之長相、記住吾之身姿——記住吾這個帶領世界邁向下個階段的重要存在。

「請所有人記住吾之名字——」

站起身來，院長將扇子向前一指！

「吾之名為——『科塔』！」

院長（設定補充）

病能

僅存實話

病能源頭

強迫症

過去集數中，這些設定已經完成，卻因為節奏和劇情等因素無法交代，故在此補充。

1. 院長可以用虛擬影像說謊

院長用影像化身成他人時，是可以說出小謊的，比方第一集她化身成晴姊時，吐出的就並非全然是實話。但她很不喜歡這樣做，因為這已違反她的基本設定，所以若是說出太大的謊言或是小謊過多，她就會身體不適，並強制進入休眠狀態（類似生病）。

在本文劇情中，為了怕讀者混淆，也希望讀者能將院長的所有話當作線索進行推理，所以並沒有交代這個設定。

2. 院長只能有一個

在哲學上也有類似的問題，試想你的面前，站著一個和你全然一樣的人，這人和你的外觀、內在、記憶、人格—總之一切都相同。

那麼「你」和「他」，誰才是「本人」？

若是有「複數的同樣存在」，就很難定義誰才是真正的本體吧？

雖然院長是影像，可以不受地域限制隨時出現，但她從沒讓自己出現在A地時，也同時出現在B地。

因為這樣會讓她自我混亂，在人格運算上產生困難。

明明是個影像和虛擬人格，卻存在一些限制，使得她感覺起來像是人類，這就是院長奇怪，也是她特別的地方。

終章之後

所有人都歡聲雷動。

終於看到他們仰慕的存在，眾人興奮不已，開心萬分。

沒有人注意到，在歡躍的人群中，有一名悲傷的女孩。

葉藏跪在地上，默默流著眼淚。

我嘆了口氣。

又跟家族之島那時一樣嗎？

陷入院長的計策，被她單方面的利用。

我走近葉藏，想要安慰她——

「主人。」

只是令我意外的是，葉藏自己站了起來。

「我想拜託你一件事。」

「……什麼事？」

「雖然具體怎麼做我還沒想到，但請你將力量借給我，讓我能帶回科塔。」

葉藏回過頭來，淚水已被她擦乾，僅留下淚痕。

「把科塔帶回來？可是、可是——」

院長不是說她已經消失了嗎？

「不就是因為原本存在，所以才用『消失』這種用詞嗎？」

「……………………沒錯。」

被葉藏的話點醒後，我才想到，若只是空殼——若是原本什麼都沒有。那僅存實話的院長，就不能用「消失」這種詞。

「刻意略過重要的部分不說，這就是能用『實話說謊』的關鍵所在。」

葉藏看著天空的院長說道：

「要是以為我會一直被實話所騙，那就太天真了。」

聽她這麼說，我很訝異。

應該說非常訝異。

因為現在站在我面前的，是一個我從沒看過的葉藏。

「就是因為這七天的相處，有在科塔心中建立起什麼，院長才會說『消失』。」

葉藏抹去臉上的淚痕。

「院長讓我知道了，我這七天的陪伴，對科塔來說並不是全然沒有意義。」

——我想起了科塔最後的輕擁和微笑。

葉藏的努力，確實在科塔心中留下了什麼。

「所以，我要將科塔帶回來。」

葉藏握緊腰間的刀子。

「就算帶回來的是空殼也沒關係，我會重新來過。」

她的眼中，閃耀著堅強的光芒。

「我會再一次用軟弱陪伴她，我會好好教導她——我會告訴她科塔是個怎樣的人。」

看到她這模樣，我不禁露出笑容。

原來，成長的並不只是我而已。

我走到她身旁，握住了她的手。

「葉藏。」

「是。」

「若是真的這麼做，就等於是和院長全面開戰囉。」

「沒關係。」

「即使再殺掉她一次，妳也沒有關係嗎？」

妳或許會跟季秋人一樣崩潰，也有可能和院長一樣變得扭曲無比。

「沒有關係。」

葉藏緊握我的手說道：

「因為，我已確信，我還是會在殺掉她後心痛——我並沒有任何改變。」

「呵……」看著她那淡然的表情，我不禁笑道：「不，妳變了。」

「……哪裡變了？」

「妳變得知道自己有多麼軟弱。」

聽到我這麼說，葉藏先是嘴巴微張。

但她隨即意識到我是什麼意思，回了我一個微笑。

「我之所以能變得如此，都是多虧主人的幫忙。」

「——一個人追不上，那就兩個人一起追吧。」

我閉上眼。

一直以來，我們都囚困在院長和晴姊的計策中，隨著她們起舞。

是時候該主動了。

讓我們踏上和她們對等的舞臺，與她們進行戰鬥。

為此，第一件要做的事，就是——

仰望天空閃閃發光的王，我和葉藏同聲說道：

「讓我們殺了院長，將科塔帶回來吧。」

後記

小鹿：「大家好，我是小鹿。」

葉柔：「大家好，我是登上封面，但於本文消失的葉柔。」

葉藏：「大家好，我是——」

小鹿：「她是第一集就出場，至今沒上過封面的葉藏。」

葉藏：「抱歉，像我這種人真的不該出現在這系列中。」

（葉藏雙手掩面退場）

小鹿：「好的，葉藏退場了。葉柔，接著我們兩個來聊天吧。」

葉柔：「姊姊的戲分該不會就只有這樣吧！才三行耶！」

小鹿：「我怎可能這麼殘忍，會給她一點事做的，來～～葉藏，笑一個。」

葉藏：「（笑）。」

小鹿：「不要笑。」

葉藏：「（收起笑容）」

小鹿：「就像這樣，很有用吧。」

葉柔：「哪裡有用了！這不就是把姊姊當成玩具而已嗎！」

小鹿：「怎麼會呢？正常人是不會把不好玩的東西當作玩具的吧？」

葉柔：「妳是在說姊姊連當玩具的價值都沒有嗎！」

葉藏：「（雙手掩面）」

小鹿：「葉藏，笑一個。」

葉藏：「（滿臉哀戚的慘笑）」

小鹿：「看，不好玩吧，不如說看到她這樣挺想哭的。」

葉柔：「那妳就不要讓她越來越悲慘啊！」

小鹿：「葉藏，露出『一不小心開車撞到媽媽但後來發現媽媽不是自己親生媽媽而是爸爸』的驚訝表情。」

葉藏：「（不知所措）」

葉柔：「小鹿妳這根本就是在惡整人吧！」

葉藏：「沒關係啦，葉柔。仔細想想，若是我的存在能讓大家開懷大笑，那不就表示我成長了嗎？」

葉柔：「妳本來到底是什麼？為何變成眾人恥笑的對象後可以用『成長』這種形容詞！」

小鹿：「負成長吧。」

葉柔：「那不是成長！是全然的退步！」

葉藏：「是啊……原來我是全然的退步啊……」

葉柔：「啊啊——！姊姊越來越消沉了！」

小鹿：「葉藏，要不然這樣好了，妳來當吉祥物。」

葉藏：「吉祥物？」

小鹿：「知名動畫為了出周邊和賺取觀眾的好感度，都會弄出一個可愛的動物當作吉祥物，例如《魔法少女〇圓》的ＱＢ，《寶〇夢》的皮〇丘。」

葉藏：「喔喔！」

小鹿：「今天《深表遺憾》沒有大賣，絕對、肯定、百分之百、沒有其他理由，是因為沒有吉祥物的關係。」

葉柔：「不不不，也有可能是因為作者、作者寫得不好、作者寫得真的不太好之類的因素啊。」

小鹿：「今天只要弄出個可愛的吉祥物，《深表遺憾》還不大賣嗎——不，應該說沒有大賣，就可以把錯都推到繪師設計不良這個原因上！」

葉柔：「嗚哇……這人怎麼可以這麼垃圾……」

葉藏：「所以具體來說，我要怎麼變成吉祥物？」

小鹿：「吉祥物通常都是可愛的小動物。」

葉藏：「小動物是嗎？」

小鹿：「所以妳以後不要再說人話了，改成汪汪叫吧。」

葉藏：「汪汪！」

葉柔：「結果妳還是在玩弄姊姊啊！」

小鹿：「總覺得不夠可愛……嗯——葉藏，妳要不要戴上項圈看看？」

葉柔：「項圈！竟然是項圈！妳到底打算把姊姊變成什麼糟糕的樣子！」

小鹿：「我只是想把只會汪汪叫的女人戴上項圈，變成可以給大家疼愛的存在而已，這有什麼問題嗎？」

葉柔：「光看敘述會覺得這本書要下架了啊！」

小鹿：「可是仔細想想，吉祥物不就是這模樣嗎？沒穿衣服然後被主角飼養，供不特定人士把玩身體──」

葉柔：「妳這樣要我以後用什麼目光看待吉祥物！」

小鹿：「不就普通的目光嗎？葉柔妳到底想到了什麼？」

葉柔：「不，這個……我只是、只是──（臉紅）。」

小鹿：「喔喔！好可愛喔！難怪會上封面！跟葉藏有極大差距啊！」

葉藏：「（中彈消沉）」

小鹿：「說到底，明明就是姊妹，但比起葉柔，葉藏究竟少了什麼呢？」

葉藏：「大概是少了身而為人的價值吧……」

小鹿：「妳要不要乾脆說『全部』算了？」

葉藏：「像我這種人、像我這種人……」

小鹿：「別放棄啊，葉藏。這個世界沒有醜女人，只有不去整型的女人。」

葉柔：「妳這不是叫全天下的女人都放棄嗎！」

葉藏：「吉祥物最需要的是可愛，我卻缺少可愛……這不是沒救了嗎？」

小鹿：「不一定啊，葉藏，我想到一個解決方法，可以讓妳變得無比可愛喔。」

葉藏：「真的嗎！是什麼方法？」

小鹿：「妳──

「──可以戴葉柔的面具上封面啊。」

葉柔：「喂──────────！」

葉藏：「這真是好方法耶！」

葉柔：「姊姊妳不要也贊同啊！」

小鹿：「所以其實第四集的封面是葉藏，只是她戴上了葉柔的面具，看起來才像是葉柔。」

葉藏：「喔喔！原來這集上封面的是我啊！我自己都沒發現！」

小鹿：「沒錯，這集封面是葉藏IN葉柔，下集則是葉柔IN葉柔，下下集則是葉柔IN葉藏IN葉柔──」

葉柔：「這不都是我嗎！」

小鹿：「有價值的人才有資格上封面，今天只要有讀者贊助本系列一百萬，我就把《深表遺憾》的封面全都換成妳的自拍照！」

葉柔：「妳到底想要暗示讀者做什麼！」

小鹿：「要不然十萬就好，十萬我就把作者那欄的名字讓給妳！」

葉柔：「妳現在千方百計跟讀者要錢是怎樣！是有多缺錢！」

小鹿：「不是……編輯說這集後記務必寫到兩萬字，每一集都這樣搞，再不給我點獎勵，我這系列還寫得下去嗎？」

葉柔：「…………」

小鹿：「不是因為沒有靈感，也不是本文寫不下去，是後記壓力太大所以受不了……妳有聽過作者因為這樣腰斬的嗎？」

葉柔：「沒聽過，我想以後也不會在任何地方聽到。」

小鹿：「後記的字數不斷膨脹，要是哪天超過本文，那我……我到底是為了什麼寫小說的？」

葉柔：「為了不寫本文寫小說吧。」

小鹿：「灌水打混的方法上次已經做過了，這次不能再弄了。」

葉柔：「別沮喪啊，人生自有出路，就算再絕望的人生，妳依然可以從中找到希望──」

葉藏：「嗚……葉柔，我知道了，謝謝妳……」

葉柔：「為什麼是姊姊妳在哭啊！妳一副深受感動的樣子是怎樣！」

後記 第二章

葉柔：「為什麼後記會有第二章！」

小鹿：「兩萬字的後記不分章節，這像話嗎？」

葉柔：「妳還真的打算寫兩萬字啊！我看妳嘴上抱怨，其實身體是挺願意的嘛！」

小鹿：「不是，妳沒注意到嗎？真正希望後記不結束的是誰？」

葉柔：「是誰？」

葉藏：「是我。」

葉柔：「……是姊姊啊。」

葉藏：「妳仔細想想，今天若是後記結束──」

葉藏：「那我還能在哪裡出場呢？」

葉柔：「──本文啊！本文！」

葉藏：「今天到底是本文重要還是後記重要，妳想清楚。」

葉柔：「當然是本文啊！這還用問！」

小鹿：「不，這真的要想清楚，本文真的是很重要的東西嗎？」

葉柔：「妳身為作者，到底在問什麼！」
小鹿：「一本書八到十萬字，但是後記最多兩萬字吧？要是今天寫後記就能出書，那不是很賺嗎？」
葉柔：「重點是沒有本文，哪來的後記。」
小鹿：「不不，本體不重要吧，妳看就算沒腦袋，還是很多人類啊。」
葉藏：「哇！好有說服力喔。」
葉柔：「……姊姊，妳在佩服什麼。」
小鹿：「說真的，在這世上，附加品比本體重要的案例很多吧？」
葉柔：「比方說？」
小鹿：「假髮比真的頭髮重要。」
葉柔：「……」
小鹿：「女友的臉和身材比內在重要。」
葉柔：「…………」
小鹿：「女高中生穿過的制服比女高中生重要。」
葉柔：「等一下！最後那個單純是特殊性癖吧！」
葉藏：「不一定啊，葉柔，若論我穿過的制服和我本人哪個重要，我會毫不猶豫地選擇制服。」
葉柔：「姊姊妳對自己的自我評價到底要多低……」
葉藏：「哪有很低，我剛剛的假設前提是有人願意要我的制服耶，這已經自我評價破表了吧？」

葉柔：「…………………………………」

小鹿：「話說，我們差不多可以回到正題了吧？」

葉柔：「正題？都幾千字了，我怎麼還完全不清楚正題是什麼。」

小鹿：「不，我們的正題不就是到底要怎麼寫出兩萬字的後記嗎？」

葉柔：「不要寫，結案。」

小鹿：「駁回，下一個。」

葉柔：「妳根本就很想寫嘛……」

小鹿：「不是，今天多寫又不會多稿費，我根本就不用這麼認真吧。」

葉柔：「那編輯為什麼要妳寫到兩萬字？」

小鹿：「我其實不太清楚為什麼，但據我多方分析後，我猜原因大概是……」

葉柔：「大概是？」

小鹿：「大概是我拖他稿子吧。」

葉柔：「妳根本就很清楚原因嘛！」

小鹿：「不，我在想也有可能是因為他在催我稿子時，我一直發有關手遊F／GO的文。」

葉柔：「這不管是誰都會不爽吧！」

小鹿：「所以卑劣的編輯藉機報復，在我想休息時叫我寫兩萬字的後記。」

葉柔：「妳竟然……好意思說人家卑劣？」

小鹿：「來啊，互相傷害啊，今天我就故意寫一堆錯字給他校正！增添他的工作量！」

葉柔：「嗚哇……這人真的是……」

小鹿：「今天能出版《深表遺憾》第四集，真的要謝謝則鞭、謝謝奸端出版，謝謝叉畫家 Mocha 老師——」

葉柔：「妳竟然敢在最重要的謝詞上弄錯字！」

小鹿：「有種責編你就不要修。」

葉柔：「——還公然嗆聲！」

小鹿：「我已經做好《深表》不會有第五集的覺悟了……」

葉藏：「————！（震驚）」

葉藏：「那我、我不就再也沒機會……上封面了嗎……」

葉柔：「姊姊妳……到底是有多在意……」

小鹿：「不是，今天不管《深表》有幾集，妳可能都……」

葉藏：「（雙手掩面，跪倒在地）」

葉柔：「姊姊！姊姊妳振作點！」

後記　第八十七章

葉柔：「中間到底發生什麼事了！怎麼突然就跳到第八十七章了！」

小鹿：「若有人看不到中間的一萬五千字，請匯錢到小鹿或是尖端出版的帳戶進行解碼。再重複一次，若你看不到──」

葉柔：「不要用這種付費手法！」

小鹿：「不過，真是九死一生啊。」

葉柔：「啊？」

小鹿：「我在說剛剛第三章到第八十六章之間發生的事。」

葉柔：「？」

小鹿：「那真的是一場壯闊無比的冒險啊，對吧？葉藏。」

葉藏：「是啊。」

葉柔：「咦？咦？」

小鹿：「多虧葉藏妳的幫忙，要不然好幾次我都差點死掉呢。」

葉藏：「別這麼說，小鹿妳也很厲害啊，鹿角變成機械人那邊真的嚇了我好一大跳。」

小鹿：「一直隱藏到現在的力量終於派上用場，好險還來得及，要不然地球就要炸裂了。」

葉柔：「妳們到底在說什麼！為什麼我完全狀況外！」

小鹿：「這也沒辦法，畢竟葉柔妳看不到嘛。」

葉柔：「就算是這樣，我也錯過太多了吧！這聽起來像是好萊塢大冒險等級的事件啊！」

小鹿：「妳太誇張了，我們也沒做什麼……不過就是救了一百萬條人命而已。」

葉柔：「一百萬條人命！為何後記的發展比本文還精彩十倍的感覺啊！」

葉藏：「說真的……比起『人類全體肉球化事件』，一百萬條人命真的還好。」

葉柔：「那又是什麼聽起來很可愛——不對，這到底是什麼性質的事件啊！」

葉藏：「就在那起事件中，我領悟了，人生最遙遠的距離不是生與死，而是需要拯救的人在我眼前，我卻無法伸出手。」

葉柔：「這是什麼悲劇英雄的形象！姊姊妳的個性是不是變了？」

小鹿：「葉柔，別說了……畢竟，唉——畢竟葉藏經歷了許多大風大浪啊。」

葉柔：「角色在後記成長？這到底是什麼劃時代的角色塑造法？」

葉藏：「過去的我實在是太軟弱了，要是我做得更好些——要是我更注意一點，我就能不讓『那個悲劇』發生了。」

小鹿：「別在意，葉藏，那並不是妳的錯。」

葉藏：「我知道……但每當想起『那個悲劇』時，我的心就像被千刀萬剮一般，痛到幾乎受不了。」

葉柔：「到、到底『那個悲劇』是什麼……」

小鹿、葉藏：「『那個悲劇』，就是——

「——『葉柔之死』。」

葉藏：「目睹妹妹慘死的屍體，我頓悟了，人要是沒有保護他人的力量，那這個人就是罪惡。」

葉柔：「喂，妳們兩個給我等一下。」

葉柔：「我慘死已經是既定事實了嗎！」

葉藏：「雖然中間好幾次我都覺得自己完蛋了，但握著葉柔的羽毛頭飾，我腦中總是能浮現葉柔那溫暖的微笑——就像是這集的封面。」

葉柔：「原來封面是伏筆！原來那是我的遺照！」

葉藏：「每次回想起葉柔死亡的悲慘畫面，我那耗盡力氣的手總是能再度生出力氣來。」

小鹿：「葉柔……嗚——妳死得好慘啊。」

葉柔：「…………………………」

葉藏：「目睹妹妹的死狀後，我度過了無數悲傷和悔恨的夜晚，但不管多麼痛苦，只要邁出腳步，人就會自然往前進。現在的我，就算想到逝去的葉柔，也已能展露笑容。」

小鹿：「嗚……這真是、真是太感人了……」

葉柔：「…………………………………………………………………」

葉藏：「雖然歷經了這麼多錯誤，但我終究走到了這步。我靠自己的手，拿到了光輝又燦爛的事物。」

小鹿：「妳拿到了什麼？」

葉藏：「我拿到了——」

葉藏：「小鹿九月出版，有著一百五十張插畫的神級輕小說——《沒有情人，就跟情人節一起過啊！》」

葉柔：「鋪了這樣久的哏，結果竟然是要接廣告臺詞！」

葉藏：「《深表》五也會在之後出版的，第四集嚴格說起來算是一個大故事的上半集，院長的計策還沒完喔，請期待她更深一層的計策。」

葉柔：「姊姊！妳的角色特性別說崩壞了，根本就是消失了啊！」

葉藏：「不過，接下來會是逆轉的一集，請看季武一行人在絕境下的反攻吧！葉柔也會在天之靈好好守護我們的！」

葉柔：「姊姊啊啊啊啊啊——————！」

浮文字

深表遺憾，我病起來連自己都帕4

著　者／小鹿
發行人／黃鎮隆
總編輯／洪琇菁
執行編輯／曾鈺淳
企劃宣傳／邱小祐、劉宜蓉
封面插畫／Mocha
副總經理／陳君平
國際版權／黃令歡
美術編輯／陳聖義
內文排版／謝青秀

出版／城邦文化事業股份有限公司　尖端出版
台北市中山區民生東路二段一四一號十樓
電話：(〇二)二五〇〇七六〇〇
傳真：(〇二)二五〇〇二六八三
E-mail：7novels@mail2.spp.com.tw

發行／英屬蓋曼群島商家庭傳媒股份有限公司城邦分公司　尖端出版
台北市中山區民生東路二段一四一號十樓
電話：（〇二）二五〇〇—七六〇〇（代表號）
傳真：（〇二）二五〇〇—一九七九

中彰投以北經銷（含宜花東）／楨彥有限公司
電話：（〇二）八九一九—三三六九
傳真：（〇二）八九一四—五五二四

雲嘉經銷／智豐圖書股份有限公司　嘉義公司
電話：（〇五）二三三—三八五二
傳真：（〇五）二三三—三八六三

南部經銷／智豐圖書股份有限公司　高雄公司
電話：（〇七）三七三—〇〇七九
傳真：（〇七）三七三—〇〇八七

一代匯集／香港九龍旺角塘尾道六十四號龍駒企業大廈十樓B&D室
電話：（八五二）二七八三—八一〇二
傳真：（八五二）二七八二—一五二九

馬新經銷／城邦（馬新）出版集團Cite (M) Sdn. Bhd.
E-mail：cite@cite.com.my

法律顧問／元禾法律事務所　王子文律師
台北市羅斯福路三段三十七號十五樓

二〇一七年八月一版一刷
二〇二〇年一月一版三刷

■中文版■

郵購注意事項：
1.填妥劃撥單資料：帳號：50003021戶名：英屬蓋曼群島商家庭傳媒(股)公司城邦分公司。2.通信欄內註明訂購書名與冊數。3.劃撥金額低於500元，請加附掛號郵資50元。如劃撥日起 10～14日，仍未收到書時，請洽劃撥組。劃撥專線TEL：(03)312-4212 ・ FAX：(03)322-4621。E-mail：marketing@spp.com.tw

國家圖書館出版品預行編目資料

深表遺憾，我病起來連自己都怕4 / 小鹿 作.
--初版. --臺北市：尖端出版, 2017.8
冊 ; 公分
ISBN 978-957-10-7549-5(平裝)

857.7　　　106003745

DANGER!
DANGER!
DANGER!

深表遺憾，我病起來連自己都怕

DANGER!

DANGER!
DANGER!
DANGER!

深表遺憾，我病起來連自己都怕

DANGER!